MIAMI (UN)PLUGGED

crónicas y ensayos personales de una #CiudadMultiGutural

Edición de Hernán Vera Álvarez y Pedro Medina León

www.suburbanoediciones.com

@suburbanocom

Índice

A Ana María Cepeda y Raúl Alejandro Álvarez, que no
conocen Miami
A Yolanda, María José, Carlos y Ricardo, que siempre
son el motivo para volver.

Dos coladas para Sonny Crockett

Andrés Hernández Alende

Confieso que la serie policíaca que Don Johnson protagonizó en los años 80, *Miami Vice*, tuvo algo que ver con mi decisión de abandonar Nueva York y mudarme a la ciudad floridana en esa misma década.

En los crudos inviernos del norte, mientras al otro lado de la ventana la nieve cubría calles y casas con un manto blanco y gélido, la visión en la pantalla del televisor de una ciudad cálida y soleada, a orillas de un océano azul diáfano, ofrecía un contraste tentador. Los detectives de la serie, siempre vestidos con ropas ligeras de colores pastel, siempre moviéndose a bordo de lanchas rápidas o de automóviles exóticos bajo un sol radiante, daban envidia a los que teníamos que enfundarnos en gruesos abrigos para avanzar heroicamente hasta la estación del *subway*, desafiando temperaturas de congelación.

Las aventuras de los detectives de *Miami Vice*, Sonny Crockett (interpretado por Don Johnson) y Ricardo Tubbs (interpretado por Philip Michael Thomas), sus batallas contra los narcotraficantes que plagaban el Sur de la Florida, tenían lugar con la magia y el esplendor de la playa y el océano como escenario. El investigador privado de Raymond Chandler es un

11

hombre que no tiene nada de sórdido, pero que debe pasar por calles sórdidas. Los héroes de *Miami Vice* se ahorraban las calles sombrías: su mundo era el ambiente rutilante de un paraíso en el sur. Ese paraíso tenía su lado oscuro, pero el resplandor del trópico encandilaba la vista del público y no le dejaba apreciar toda la dimensión siniestra del peligro.

Desde luego, las razones por las que dejé Nueva York y vine a Miami fueron de más peso que la simple afición a una serie televisiva. De todos modos, la ciudad de la ficción era un imán que atraía hacia la ciudad real. *Miami Vice* me señalaba el camino.

Un buen día me llamaron desde Miami para ofrecerme un empleo en *El Nuevo Herald*, el periódico en español que habían acabado de lanzar. Dije que no, porque como reza la célebre frase: *I Love Nueva York*, y no quería irme de la metrópoli del norte. Pero entonces llegó el invierno, con su frío insoportable y la molestia de las nevadas, y en la primavera me llamaron de nuevo para repetirme la oferta de trabajo. Esa vez, movido por un súbito impulso, acepté.

Decidí ir en mi automóvil, para no tener que pasar por el trajín de venderlo a la carrera y comprarme uno nuevo en Miami. Un tío me indicó la ruta: la Interestatal 95 directo hacia el sur, sin desviarme del camino, hasta llegar al Sur de la Florida.

Salí por la mañana, solo en mi auto y a toda velocidad porque debía hacer el largo trayecto a lo largo de la costa atlántica en menos de dos días para empezar en mi nuevo trabajo en la fecha acordada. Crucé el río Hudson por el puente George Washington y avancé hacia el sur por el Turnpike de Nueva Jersey, que después se une a la I-95.

Hacía poco más de un par de años que había aprendido a manejar y la perspectiva del largo viaje no dejó de causarme inquietud, pero hice de tripas corazón y avancé por la extensa carretera, con el detector del radar de la policía colocado junto al parabrisas para evitar una multa por ir demasiado rápido.

Todavía hacía un poco de frío cuando salí de Nueva York, de manera que llevaba puesta varias prendas y una chaqueta de lana, que por cierto más tarde perdí en Miami, en una de mis mudadas. Al dejar atrás Nueva Jersey y Pensilvania, y entrar en las Carolinas, el tiempo se fue haciendo más amable y me quité primero el abrigo, después el pulóver, y al final, ya bien adentrado en el Sur, me quedé solamente con la camiseta.

La noche me sorprendió en Carolina del Norte. Estaba fatigado por las largas horas al volante y decidí detenerme en un hotel a la vera del camino y reanudar el viaje por la mañana. Pero por alguna razón que nunca supe, no había habitaciones vacías en los hoteles junto a la I-95.

Seguí avanzando por la autopista, devorando las millas en la oscuridad de la carretera casi solitaria. Me detuve en varios hoteles cerca de la vía, con el mismo resultado: no tenían habitaciones disponibles.

Así crucé la frontera con Carolina del Sur. En el estado meridional ocurría el mismo misterio: los alojamientos estaban llenos. ¿O sería que no querían recibir a un hombre hispano que viajaba solo en medio de la noche? Nunca supe lo que pasó.

Ya pasada la medianoche, me detuve en un hotel pegado a la carretera y pregunté si podía hospedarme allí. La mujer que estaba en la recepción me dio la misma respuesta: no tenían cuartos vacíos. Desesperado y muerto de sueño, le respondí que venía de Nueva York, manejando solo, que llevaba muchas horas al volante y que necesitaba descansar.

—No me hace falta un cuarto —le dije—. Solo quiero un rincón para dormir, aquí mismo, en ese pasillo —señalé—. Cualquier rincón.

Sorprendida por mi petición, la mujer me indicó:

—Espere un momento, por favor.

Se alejó unos pasos en el área de la recepción, tomó el teléfono y marcó un número. En unos instantes regresó junto a mí.

—Aquí no tenemos cuartos —me dijo—, pero a unas 20 millas de aquí hay un hotel, Plantation Inn, donde tienen habitaciones y lo están esperando.

Me explicó cómo llegar al hotel, le di las gracias y salí como una flecha.

El trayecto me pareció eterno, pero al fin vi la salida que la empleada me había indicado, dejé la carretera y entré en un pueblo pequeño. No me fue difícil encontrar el hotel, una posada nada llamativa donde me recibió un empleado hindú. Me resultó curioso que un hombre de un país tan lejano hubiera terminado asentándose en un diminuto poblado del interior de

Norteamérica, pero estaba muy cansado para iniciar una conversación y me fui a dormir.

Me levanté temprano, a eso de las siete, anduve a pie por las desoladas cercanías del motel y desayuné en un restaurante de comida rápida. Sin perder un segundo puse mi equipaje en el maletero del auto, pagué la cuenta del hotel y volví a emprender mi viaje hacia Miami.

No había pasado mucho tiempo cuando divisé el cartel que señalaba la frontera con Georgia. En mi primer día de viaje había manejado desde Nueva York casi hasta el límite meridional de Carolina del Sur.

Crucé Georgia rápidamente y di un suspiro de alivio cuando entré en la Florida. Pero todavía me faltaba por recorrer casi 350 millas hasta Miami, cinco o seis horas de viaje prácticamente sin parar.

Pensé que el viaje por la I-95 sería un agradable paseo con el majestuoso paisaje marino a mi izquierda, pero desde la carretera no se veía el océano, solo la larga línea de asfalto rodeada por campos extensos y algún que otro pueblito en la distancia.

No importaba. Ya solo quedaban unas horas para llegar por fin a la ciudad soñada de la serie de televisión. La ciudad cuyas vistas más atrayentes y cuyos rincones más misteriosos me habían mostrado Don Johnson y Philip Michael Thomas en la pantalla.

Al entrar en West Palm Beach, los pinos y los robles que flanqueaban la carretera cedieron su lugar a las palmeras del trópico. Ya no podía estar muy lejos, pensé. Sin embargo, todavía me tomó una hora conduciendo a alta velocidad para llegar a Miami.

Un amigo que residía en la ciudad desde hacía tiempo me había alquilado un *efficiency* en la Pequeña Habana y me había dado la dirección, pero yo no sabía en qué parte de la ciudad se encontraba. Ni siquiera sabía cuál era la salida de la autopista que debía tomar. Seguí avanzando por la I-95 hasta entrar en una extensa zona urbana poco antes de las cinco de la tarde. Cuando distinguí un cartel que indicaba que la I-95 terminaba y se convertía en la US-1, y otro cartel que señalaba la distancia hacia Cayo Hueso, tomé la primera salida que vi, temiendo dejar atrás Miami. Di varias vueltas por calles desconocidas, y finalmente, molido de cansancio como si me hubieran dado una paliza, me detuve en una cafetería en la esquina de la calle Primera del SW y la avenida 19.

No tenía ni idea de dónde podía estar el *efficiency*, de manera que lo llamé al trabajo desde un teléfono público (en esa época no había celulares) y le pedí que me recogiera.

Mientras lo esperaba, me acerqué a la ventana de la cafetería. No sabía que me hallaba en el corazón de la Pequeña Habana, un sector donde el español es la lengua corriente, así que, como si todavía estuviera en Nueva York, me dirigí a la camarera en inglés:

—*May I have a cup of coffee, please?*

—¿Qué tú quieres? —respondió la mujer, con un marcado acento habanero—. ¿Un café cubano?

—Sí —le indiqué.

Me sirvió el café en una pequeña taza de plástico blanco. Pero yo estaba tan cansado y tenía tanto sueño que necesitaba una dosis mayor.

—¿Me puede dar un vaso más grande? —pedí.

—¿Qué quieres, una colada? —preguntó la camarera.

Yo no sabía qué era una colada, pero le respondí que sí, y la mujer me dio un vasito plástico de mayor tamaño. El fuerte brebaje me quitó el sopor casi inmediatamente. Me recosté en mi auto, encendí un cigarrillo y disfruté el café mientras el tráfico de la tarde llenaba la calle.

Mi amigo tardaba, y yo todavía sentía el cansancio del largo viaje en automóvil. Volví a asomarme a la ventana de la cafetería y le pedí otra colada a la camarera. Adiviné cierto asombro en sus ojos cuando me preparó el café y me lo sirvió.

—¿Va a tomarse dos coladas usted solo? –me preguntó.

—Es que estoy molido de cansancio –expliqué–. Acabo de venir manejando desde Nueva York.

Mi amigo llegó cuando ya me había tomado la segunda deliciosa colada. El *efficiency* era una habitación diminuta al fondo de una casa en la Pequeña Habana, un refugio minúsculo e incómodo, pero la ciudad era maravillosa.

Dos días después, desde las ventanas del edificio del *Herald* que daban a la bahía de Biscayne, vi dos largas calzadas sobre el agua que llegaban hasta una vasta extensión de tierra hacia el este. "Tiene que ser Miami Beach", pensé, y un compañero de trabajo me lo confirmó.

Al otro día, aprovechando el receso del almuerzo, tomé mi auto y crucé el viaducto MacArthur, que en esa época tenía un puente levadizo y un espacio de vegetación en el medio, a todo lo largo de la calzada.

Al fin estaba en Miami Beach, el escenario de tantas aventuras de los detectives de la serie televisiva. Subí varias cuadras por la avenida Collins, estacioné cerca de la playa, y bajé hasta la orilla del mar, vestido con mi atuendo de oficina en medio de los bañistas y con la silueta de los hoteles a mi espalda. El sueño se había hecho realidad.

Pocas semanas después me mudé a un apartamento en la Playa, con vista al océano y al Indian Creek.

A fines de los 80, Miami Beach todavía estaba al alcance de la clase media y hasta de personas de bajos ingresos; no era el enclave de millonarios en que se convertiría después. Por poco más de 400 dólares al mes, disponía de un apartamento decente a pocos pasos de la playa y del paseo tablado.

Visité los lugares que había visto en *Miami Vice*. Pasé por la curva en la avenida Collins, junto al hotel Fontainebleau, donde había una pintura mural de la costa contra la cual –según me contaron– se estrelló una vez un conductor borracho, confundiendo la pintura con la calle. Pasé infinidad de veces por el viaducto MacArthur, frente al puerto de los cruceros. Estacioné por la noche, sin la menor dificultad, junto al Clevelander y me tomé una cerveza en la barra al aire libre, como había hecho el teniente Castillo, interpretado por Edward James Olmos. Mi auto estaba muy lejos de parecerse al Ferrari que manejaba Don Johnson, pero yo vivía en medio de los lugares y los colores de la serie, bajo el mismo sol.

Más o menos un año después pasé por la cafetería donde me había detenido al llegar a Miami. La camarera que me atendió era la misma de aquella vez. Le pedí un café, y mientras lo servía, me preguntó:

—¿Usted no es el que se tomó aquí dos coladas seguidas hace como un año?

Sonreí y asentí con la cabeza. En ese momento en que fui reconocido por la camarera, tuve la certeza de que la ciudad ya me había acogido como un residente más.

Bajo el cielo de hule

Raquel Abend van Dalen

*"Para empezar una crónica con la muerte de un animal,
primero hay que saber todo sobre él."*

Adalber Salas Hernández

La grasa del *foie gras* es amarilla, como los patos de juguete.

Me había levantado de la cama porque mi rostro parecía una figura ovalada, el *huevo esencial* de Brancusi, así me dijo Adalber mientras me cuidaba vía Skype para que no me diera otro ataque de pánico. El miedo es precario y es posible que llegue en cualquier momento. Ahora estaba detenida frente a mi casa, una casa con fachada beige y ladrillo, exactamente igual a la que le seguía y así sucesivamente hasta el final de la calle, a la vuelta de la esquina y todo el vecindario. 11578 NW 83 Way. Eran como las cinco de la tarde, horas azules, casi no soplaba aire. Parecía domingo, quizás era domingo. Estaba detenida, con la misma pijama de días anteriores, y veía a un pato aproximándose con un contorneo enternecedor y lerdo. Tenía la cabeza verde botella, un color que asocio con un recuerdo de cuando era niña que nunca supe distinguir de un sueño. Todo tiene que ver con el techo

21

verde botella de un establecimiento en donde vendían carne. Estaba en el asiento reclinado del auto de mamá y ella hacía algunas compras. Las ventanas agachadas para que pudiera respirar. Ese verde iba brillando en la cabeza del pato que se dirigía hacia mí, mientras estaba quieta, sosteniendo la tela desgastada del pantalón que hacía toda la experiencia menos incómoda. En la dirección opuesta venía un auto a una velocidad exagerada, tratándose de una zona residencial. La marca y el modelo son poco importantes en este recuerdo. Simplemente uní las piezas y pensé que la escena solo podría acabar de una forma: el carro tenía que matar al pato.

Confirmo: la rueda del auto reventó el esqueleto ahuecado del precioso animal.

El sonido fue crujiente, tan crujiente como la cáscara de un huevo siendo atravesada por la superficie de un plato. O de una taza. No pude cumplir la misión de pasear alrededor del vecindario. Una tarea que lleva décadas en mi familia desde que el gran Fernando Rísquez le dijo a mi madre que no había depresión que aguantara una caminata. Pero el pato enfrentándose a la física había sido demasiado. La muerte siempre está atenta, especialmente ante los animales, que son más lentos que el lenguaje. Entré de nuevo a la casa para acostarme, ahora vistiendo el cadáver emplumado. Sabía que no podría volver a comerlo excepto en forma de paté. Con tal malestar es igual de angustiante estar en cualquier lugar, igual de elegante. Mi abuela Laura Lucina siempre dice que al menos había que buscar la forma de verse bien cuando se está miserable. Las películas lo dicen, los libros lo dicen, las canciones lo dicen. Lo fatal tiene un pedigrí que ni las bendiciones logran iluminarnos de la misma forma. Así que durante esos días de llanto crónico brillé como un huevo Fabergé. Objeto que no conocería si no fuera por James Bond y en un principio, yendo a la raíz, a mi padre, quien es fanático y nos ponía maratónicamente sus películas cuando pasábamos los fines de semana en La Guaira.

Me recomendaron que viera programas infantiles cuando necesitara apaciguar la ansiedad. Como no tenía televisión en el cuarto, nunca en la vida tuve televisión en el cuarto, eso es para ricos y tontos, me dijeron una vez, entonces veía comiquitas en una Mac que, sabemos, es el opio del pueblo. La última semana estuve viendo episodios de la serie inglesa *Sarah&Duck*. De acuerdo a IMDB, Sarah es una niña de 7 años con ojos grandes y un sombrero verde. Ella vive con su mejor amigo, un pájaro ligeramente maníaco, llamado Pato. *Once upon a time there was a venezuelan girl who saw how a duck was killed in front of her house.* Así fui aprendiendo que el término *pato* tiene antecedentes etimológicos en el persa y el árabe. Que es un animal domesticable que pertenece a la familia de las anátidas y generalmente vive cerca del agua. Que en varios países se comen las piernas y la pechuga, aunque los riñones, el hígado y el corazón también son apetecibles. Que *El patito feo* de Hans Christian Andersen creyó que todos somos cisnes antes que nadie. Que los argentinos juegan al pato, un deporte cuyo origen se remonta al siglo XVII, en el que se utilizaba a un pato vivo o muerto para introducirlo en un aro. Sin olvidar que *pato—* es un elemento compositivo de la gramática que se utiliza para crear palabras que aluden a la enfermedad.

Estaba en una ciudad de apariencia irreal. Su rectitud daba la sensación de un desplazamiento eterno y las palmeras me hacían creer que siempre estaba en la peor vacación de mi vida. Jardines silvestres rodeaban pozos encajados en medio de las calles. Nadie los notaba, no había nada pomposo en ellos. Eran plantas silvestres de colores opacos, como familia de las espigas, así de sencillas. Rompían el tedio del concreto con sus movimientos pacíficos, de un lado al otro, imitando al reloj de péndulo. Las autopistas se volvían prisiones flotantes de las cuales nadie podía escapar a la hora pico, elevadas por el consumismo y oportunismo de los centros comerciales que no sabían tomar la siesta. Recordé que en una oportunidad me dediqué a observar al conductor a mi lado izquierdo. Tenía las ventanas abiertas y podía notar que era un hombre cincuentón, de barba con texturas y colores mixtos, y una franelilla sudada. Podía tratarse tanto de un distribuidor de huevos como de un astronauta jubilado que trabajaba en Cabo Cañaveral. Aparentaba estar de mejor ánimo que yo. En dado momento, sin mucho preámbulo, se olió las axilas, con el mismo gesto ingenuo de un pato hundiendo el pico bajo el ala. Me agradó. A mí también me gusta olerme, pensé, me ayuda a reconquistar algo de la identidad que fácilmente puede perderse en una ciudad que cobija a los perseguidos desde hace décadas. Sonreí y decidí olerme también, para acompañarlo en su gesto animal.

Cuando era niña sufría de estrés crónico. Las monjas llamaban a mamá para decirle que su hija tenía una gran capacidad para llorar si las cosas no quedaban como quería. Creían que me castigaban en casa porque mi interés por la perfección era precoz, pero lo cierto es que nunca fui presionada para ser excelente en nada. Por otro lado, todo esto se equilibraba con mi rebeldía de hablar cuando no podía hablar, utilizar mocasines vinotinto en vez de negros y engrapar el ruedo de la falda en vez de coserlo. Una tarde sonaba en la radio la canción de una mujer llamada Barbie, que decía que su vida plástica era fantástica y que la vida era su creación.

Admito que encontré revelador lo que decía, pues fue a partir de ese momento que la plasticidad de las ciudades pasó a ser fundamental. No sé de qué forma, no sé qué consecuencias exactas tuvo. Quizás fue el hallazgo de la medida justa de las cosas. Así entendí a Miami, una ciudad juguete capaz de flotar en las bañeras de los inmigrantes. Igual que los patos de hule: *de diferentes colores, tamaños, formas y presentaciones, suelen llevar incorporado un pequeño dispositivo mecánico que silba o chirría al estrujarlos, e incluso los hay que imitan el cuac de un verdadero pato. Habitualmente tienen un agujero debajo que permite que el juguete absorba y después arroje chorros de agua. Parece inevitable ligarlo a la industria de juguetes con sonador fechada a finales del siglo XIX.*

Me asomé por la ventana y descubrí que un niño estaba removiendo el cadáver del pato de la calle. Iba acompañado por una carreta de juguete roja y blanca, con una cuerda para ser halada. Calculé que tendría unos once años, con su ropa deportiva y medias blancas por la rodilla. Utilizaba una vara de madera para despegar el cuerpo del animal del suelo y arrimarlo cuidadosamente hacia la carretilla, dejando un reguero humilde sobre el concreto. Rápidamente notó que un palo de madera no bastaría para levantar el cuerpo inerte, así que se alejó por unos segundos para husmear entre los árboles frente a él. Abrí más la persiana del cuarto para tener una vista panorámica de lo que ocurría. El niño se agachó y en cuclillas palpó con ambas manos diversos palitos cubiertos de tierra hasta encontrar uno lo suficientemente grueso, muy parecido al que ya tenía. Se devolvió y, colocando una rama bajo cada ala, levantó el cadáver con fuerza equilibrada. El pato cayó pesado en la carreta, con la cabeza precipitándose fuera del borde. El niño elevó el pie derecho y le dio una patadita por debajo para que deslizara hacia adentro. Por un momento quise ir y decirle que yo había visto cuando lo habían matado. Confesar que hubiera podido detener el delito. Que fui la única testigo de sus últimos momentos de vida. Luego pensé que eso no tendría real importancia para él y quedé melancólica mirando por la ventana. El niño se alejó junto al pato, abandonando el rastro de sangre y plumas frente a mi casa.

El récord Guinness de la estropatada solidaria en el 2013 fue de 30.000 patos de hule.

Un paraíso difícil de obtener

Héctor Manuel Castro

En mi mano derecha cargaba una maleta pequeña llena de calzoncillos, algunos pares de medias, unas camisetas, unos jeans rotos y dos libros. En mi hombro izquierdo reposaba el amor de mi vida: mi guitarra. Así llegué a Miami en el invierno del 2002, con el convencimiento férreo que me convertiría en un famoso cantante, que trabajaría con Emilio Estefan, que haría conciertos por doquier, que desayunaría con Paulina Rubio y compraría una casa grande, algo así como la canción de Bacilos, con la excepción de que yo no aspiraba a ganarme un primer millón; yo me conformaba con cumplir por lo menos uno de mis sueños artísticos.

Había rentado telefónicamente un espacio en el apartamento de dos jóvenes colombianas que vivían en Miami Beach. Tres semanas antes de mi viaje, encontré un anuncio clasificado donde buscaban *roomate*, así que las llamé, escuché sus voces melodiosas y sensuales, y decidí aceptar el ofrecimiento de un sofá en la mitad de la sala, donde pernoctaría luego de mis reuniones con grandes estrellas de Sony, Warner Music, y de otros sellos musicales que me invitarían a comer con ellos y se pelearían por mis composiciones melódicas.

Mi mente ingenua e inmadura me sumergía en un mundo irreal y ficticio en el que me sentía feliz.

Lastimosamente pronto comenzaría a descubrir que ese mismo mundo de paja se tornaría en una pesadilla.

Diez minutos antes de aterrizar, me deleité viendo desde mi ventanilla cientos de casas con canchas de tenis y piscinas en sus patios traseros, las que sacaron una sonrisa sincera de mi pecho, sabiendo que había llegado al lugar donde viviría mejor, donde sería reconocido por mi talento, y en el que ofrecería a mi familia un futuro próspero.

Arribaba procedente de Nueva York, donde había vivido un par de meses desde mi llegada a Estados Unidos. Viniendo del norte lleno de nieve, vientos congelados, caras largas, prisa y caos, Miami me resultaba un paraíso en la tierra.

Al salir del aeropuerto una oleada de vapor me golpeó el rostro pálido. Inmediatamente me quité el abrigo, los guantes y el gorro, y los guardé en mi morral. Luego tomé un bus que me llevaría a la playa para iniciar la aventura de mi vida.

Cuatro horas después encontraba la dirección de mi nueva 'casa-sofá'. Vale aclarar que en ese tiempo no tenía un teléfono celular, no sé si no era muy común, pero de algo estoy seguro: yo no tenía cómo pagar uno.

Tomé entonces un elevador oxidado que emitía sonidos de cafetera moribunda, y el que se tardó casi cinco minutos en llevarme al tercer piso de aquel edificio. La humedad era insoportable, y aún sin abrigo, gorro o guantes, estaba sudando inconteniblemente y solo anhelaba tomar una ducha de agua fría y salir a la calle para descubrir mi nueva ciudad.

Toqué tres veces la puerta de mi apartamento, esperando —en mi cabeza enferma— que salieran dos musas de ensueño, quizá en falditas cortas y escotes irreales, a darme la bienvenida con abrazos y miradas de lujuria. Pero no fue así en absoluto. Con enojo y hablando por su teléfono, una mujer de aproximadamente cuarenta y cinco años abrió la puerta. Sin colgar su llamada preguntó por mi nombre, y de manera parca me invitó a pasar con movimiento de cabeza que me resultó poco amable. Luego me mostró con su boca el sofá angosto donde dormiría, y como si yo no existiera siguió su conversación.

Mientras me senté en el sofá, busqué con mi mirada a la segunda mujer, pensando que tal vez sería más cordial, o luciría mejor, pero la suerte en aquel apartamento no iba a estar de mi lado.

—Mucho gusto —me dijo finalmente la mala anfitriona, mientras se presentaba y me decía que su amiga estaba en cama enferma con una fuerte virosis desde hacía varios días, por lo que tratara de evitar entrar a su cuarto. Lastimosamente, el único baño que tenía la residencia estaba en aquella alcoba, donde ambas dormían en camas separadas.

—Serán 500 dólares al mes. Es importante que no te orines en el piso del baño, que levantes la silla del sanitario, que laves los platos que ensucias, y que no hagas mucho ruido mientras estamos nosotras aquí. De lo contrario siéntete como en casa —me indicó, mientras escuchaba a la enferma toser con la flema atragantada en su garganta.

No te preocupes Héctor Manuel, pronto conseguirás un sitio donde seas independiente, me dije con seguridad y

29

confianza, convencido en ese momento que nada me arrebataría la felicidad de encontrarme en Miami, la ciudad donde lograría mis metas.

Contuve la respiración al pasar por la cama de la mocosa, tomé una ducha con rapidez, desempaqué mis cuatro trapos, mis dos libros, y luego acepté la invitación de mi compañera de apartamento para ir a conocer la ciudad. En su motocicleta pasamos por South Beach, donde me enseñó por vez primera las calles más populares y algunos sitios de moda.

Mi consigna era clara: conseguiría un trabajo en un restaurante que me garantizara la posesión de mi sofá, comida y transporte; y en los días libres me dedicaría a hacer conexiones en la industria musical.

Sin perder tiempo, le dije a mi acompañante que me llevara a lugares en los que pudiera encontrar un trabajo como mesero o bartender, y en cuestión de minutos fuimos a Ocean Drive y Lincoln Road, donde en varios me ofrecí como empleado.

Al llegar a Española Way, entré al primer restaurante de la calle: un sitio que aún se ubica en la esquina y que lleva el nombre de 'Oh México', y en el que necesitaban un mesero como pan para el desayuno.

—¿Cuándo puedes empezar? —preguntó el *manager*—, un brasileño al que le conté que había acabado de aterrizar, y el que me dio un par de días para organizarme, llenar unos papeles con el número de mi *social* y algunas referencias, además comprar ropa negra y una corbata roja, uniforme en aquel sitio.

Con la tranquilidad de tener un trabajo en las primeras horas de estar en Miami, invité a mi nueva amiga a cenar. Durante la comida me contó que tenía problemas con nuestra tercera compañera de apartamento, y que debido a los malentendidos, estaba pensando en irse a vivir con su novio en los próximos días. La noticia me preocupó en demasía, pues mi futuro en aquel sofá parecía turbio.

El hecho es que comencé a trabajar en aquel restaurante. Mi horario era de 4 de la tarde al cierre y a pesar de que me pagaban poco, muy poco, compensaba mi salario con las propinas de los turistas. La verdad es que durante los primeros meses, no fue nada fácil tener una buena semana económicamente hablando, pues existían algunos meseros con antigüedad en el lugar, los que eran preferidos por el jefe y se llevaban las mejores mesas.

Yo trabajaba regularmente hasta las once de la noche, pero los fines de semana terminaba mi jornada laboral alrededor de las dos de la mañana, y a esa hora era casi imposible encontrar transporte público que me llevara a casa. Me di cuenta que pagando un taxi me gastaba la mitad de las propinas ganadas en la noche, por lo que tuve que tomar una determinación urgente: opté entonces por comprarme una bicicleta en Walmart, la que sería mi caballo de paso fino para carretearme por la playa. De mi casa hasta mi lugar de trabajo me tomaba más de una hora en llegar pedaleando, pero planeaba bien mi tiempo para estar a tiempo y cambiarme en el restaurante.

Los meses transcurrieron en moderada calma. Mi búsqueda musical no arrojaba los resultados esperados, y aunque visitaba constantemente algunas casas disqueras que se hallaban en la playa para entregar una copia del demo con mis composiciones grabadas, no obtenía suerte en que me recibiera un ejecutivo.

"Deja el demo y yo se lo entrego al productor", me decían todas las secretarias, pero al ver detrás de ellas una montaña de demos, optaba por no hacerlo, pues sabía que se convertiría en uno más en aquella piscina de canciones que se ahogarían en el olvido. Por más que intenté contactarme con Emilio Estefan, Omar Alfanno o Rudy Pérez, los resultados fueron desfavorables, y lo más cerca que pude llegar fue a Larios, el restaurante de Gloria y Emilio que queda sobre la Ocean Drive en South Beach, y eso que fue porque pedí trabajo como mesero, con la intención de encontrarlos en cualquier momento allí. Para el récord, quiero contar que llené una solicitud de trabajo en este lugar, pero nunca me contactaron.

Y como dice el refrán: "cuando uno va de bajada no hay árbol que lo detenga", pues así comenzó la odisea. Como todos los días, amarré con una cadena mi bicicleta en la calle de atrás del restaurante. Luego me dispuse a limpiar los tenedores y cuchillos, a doblar servilletas, a ayudar a surtir el bar de copas y vasos, y lógicamente, atender las mesas que me correspondían.

Esa tarde en especial, la temperatura estaba más alta que de costumbre. El infernal calor se apoderaba de mi flacuchento cuerpo, y la humedad se notaba en mi rostro, pues sudaba como si estuviera en un sauna. De un momento a otro, las mesas de la calle se llenaron con clientes sedientos, y tuve que correr de este a oeste como un resorte en una jornada marcada por la prisa y el sol. Llegué al bar a recoger un par de margaritas que habían ordenado, y el bartender al ver mi semblante, preguntó:

—¿Tienes sed?

Le dije que tenía la garganta seca como una estopa, y él destapó una cerveza, la sirvió en un vaso frío y me indicó que me la tomara debajo del bar, sin que nadie se diera cuenta.

Mis ojos se abrieron de par en par al ver el refrescante líquido que me esperaba dentro de esas paredes cristalinas, y a sabiendas de que no estaba permitido beber en el trabajo, decidí tomar el riesgo y aceptar su invitación misericordiosa.

Me metí bajo la barra y dejé que aquella cerveza abrazara mi tráquea, disfrutando cada milésima de segundo de aquel hermoso momento. Pero de un momento a otro, observé que unos zapatos se dirigían hacia el bar con prisa. Asustado traté de tomarme rápidamente el resto, para no dejar el cuerpo del delito visible, pero antes de terminar el último trago, el jefe, que ya había notado un movimiento sospechoso, se agachó y me encontró con el vaso en los labios.

Treinta segundos después me estaba pidiendo el delantal y mostrándome la puerta trasera, aduciendo que estaba defraudado por mi accionar y la del bartender. Le pedí disculpas y le dije que la responsabilidad era toda mía, que mi 'compinche' no tenía velas en el entierro, pues yo mismo había servido la cerveza sin que él se enterara.

Asustado todavía, recogí mi morral y me dirigí hacia mi bicicleta, pero solo encontré la mitad de la cadena pegada de un tubo de hierro donde la amarraba cada tarde.

—Mierda, me robaron la bici —grité en voz alta, esperando que algún testigo del delito me escuchara y me diera una pista para solucionar el crimen mortal a mis pies cansados—, pero a nadie le importó.

Sin trabajo y sin bicicleta, decidí regresar a casa para pensar en el plan B que no tenía. La tristeza me abarcó, y la cerveza comenzó a salirse de a poquito por mis ojos. Tomé entonces un *bus* a casa, y en el camino pensé que la vida pone obstáculos para probar qué tan fuertes somos, y no me avasallaría fácilmente. Me equivoqué: al llegar a mi destino encontré a mis dos compañeras de apartamento con sus maletas empacadas y con la noticia de que teníamos que entregar el sitio al día siguiente. Explicaron que llevaban varios meses sin pagar la renta por problemas personales, que además no estaban supuestas a subarrendar, como lo hicieron conmigo, y que el dueño, enojado, les había dado un ultimátum.

—Pero yo les pagué hace dos días hasta el fin de mes —les reclamé con más sorpresa que enojo—, por lo que me devolvieron 200 dólares, señalando que era todo lo que me podían dar. Cada una tenía ya un plan de vivienda (el novio y unos amigos). Yo no tenía novio, ni novia, ni amigos, ni plata, ni trabajo, ni bicicleta; o sea que estaba jodido.

Esa noche, con total preocupación empaqué mi maletín y no pegué los ojos, pensando en lo que me depararía el destino. A partir de ese momento todo cambió. Las lunas siguientes las pasé en un cuarto maloliente rentado por 50 dólares la noche, mientras intentaba encontrar un empleo.

Repartí papeles con publicidad parado en la esquina de la Washington Ave con 13 St, donde tenía que estar hasta las tres de la mañana intentando convencer a los borrachines que transitaban por allí para que fueran a un bar cercano a gastar sus últimos billetes. Lavé ollas y platos en un restaurante abierto las 24 horas, donde comenzaba a las cuatro de la mañana hasta el mediodía. Algunas ollas eran tan grandes que para lavarlas y quitar el óxido del fondo, tenía que sumergir medio cuerpo en ellas, luciendo como conejo en sombrero de mago. Como el dinero no era suficiente para pagar un *apart studio*, comencé a cantar con mi guitarra parado en la Lincoln Road, donde recolectaba monedas y billetes de dólar en el estuche de mi instrumento. Pensé que esta última labor era una buena oportunidad para que algún ejecutivo musical pasara, escuchara mis canciones y me ofreciera un contrato jugoso que me alejara de las ollas curtidas, los borrachos violentos de las tres de la mañana, y sobretodo, del mal olor de las sábanas en el cucarachero donde me hospedaba.

Pero no fue así. Tres meses después empaqué mi abrigo, mi gorro y mis guantes, y tomé un avión de regreso a Nueva York —donde estaba mi familia—, con el corazón y los dedos desechos, con los sueños robados como mi bicicleta, y con la sensación de haber fracasado en mi búsqueda.

Dos años pasaron, y siguiendo el dicho erróneo que indica que 'la segunda es la vencida', decidí regresar una vez más a Miami, pues aún conservaba la ilusión de lograr ser un artista reconocido. Esta vez llegué mejor preparado, con algo de ahorros y con mayor determinación de no dejarme derrotar por los obstáculos.

Renté un *studio* en el área de Miami Lakes, a un precio módico, y del que estaba convencido podría pagar cada mes. Ahora no necesitaría una bicicleta para transportarme, ya que había manejado desde el norte en mi Pontiac Grand Am modelo 94, y aunque el viejo amigo había recorrido en su vida casi 200 mil millas, su motor se notaba resistente y sus burros de fuerza (no tenía caballos), todavía eran confiables.

Pronto conseguí un trabajo como cocinero en un pequeño restaurante colombiano en El Doral, pero debido a mi carencia de conocimientos culinarios, fui despedido de allí a los pocos días, especialmente después de dañar varios pollos, servir unas sopas crudas, quemar el delantal y quebrar dos panales de huevos al momento de cocinarlos, entre otros daños múltiples que nadie quiere recordar.

Luego trabajé en la construcción de un edificio en Coral Gables, donde debido a mi torpeza y nerviosismo, fundí el motor de un *forklift*. Una mañana quise llenar el radiador con agua y, sin saberlo, le eché agua al motor y al prenderlo una humareda inundó el ambiente, mientras una pequeña explosión, sumada a la destrucción de unas cornisas, el derribo de unos tubos colgados de los techos, y dejar caer un martillo de la terraza mientras arriesgaba mi vida colgado de un arnés, pronosticaron mi despido.

Nuevamente la vida me golpeaba fuerte. Entre la renta, la comida, la luz, el cable, el internet, los trabajos que no llegaban, las puertas musicales que no se abrían, mi desespero, y los gastos varios; mis ahorros comenzaron a decrecer al punto en que por segunda ocasión me vi en aprietos para sobrevivir. Hubo un momento donde tuve que tomar una decisión trascendental e irme a vivir a Charlotte, en North

Carolina, donde me ofrecían un trabajo en un periódico local como reportero.

Con el dolor de una segunda derrota en la misma ciudad, partí una tarde de domingo en mi carro, pensando que jamás regresaría, ya que Miami no era para mí, y que mis sueños artísticos no estaban ya al alcance.

Viví allí por un año, luego me mudé a Nueva Jersey por dos años más, de ahí me contrataron en El Paso, Texas, como corresponsal de una agencia de noticias española, y allí viví por tres años, hasta que un día cualquiera, recibí una noticia inesperada: una llamada proveniente de Miami donde me ofrecían un trabajo en CNN en español, como productor de uno de sus programas. La llamada argumentaba que debido a mi experiencia como abogado en mi país de origen podría aportar mucho al programa

Sinceramente regresar a Miami me llenaba de temor, pero a la vez me reconfortaba saber que volvería bajo nuevas condiciones laborales, en una empresa estable y reconocida y donde podría crecer profesionalmente.

Todos indican que la tercera es la vencida, y esta vez yo iba a comprobarlo. Arribé a la ciudad del sol en abril de 2012, acompañado de mi esposa, mi guitarra, mis libros, anhelos y experiencia.

Comencé a trabajar para la cadena produciendo uno de los programas de entrevistas más populares del momento (CALA), y en un par de meses estaba tomando café con Emilio, charlando con Omar Alfanno, contando chistes con Rudy Pérez, y relacionado con otros productores musicales a los que nunca tuve acceso directo en mis años de mesero y obrero de oficios varios.

Durante mis años errantes entre ciudad y ciudad, estudié una maestría en periodismo y escribí una novela de ficción, la que había enviado a cientos de agentes literarios y editoriales, sin suerte para publicarla, pero ahora mis relaciones profesionales habían cambiado un poco, y el libro llamado *La Iglesia del Diablo*, se publicó con éxito en el invierno de 2014, además de lograr contactos para mis próximos libros y proyectos.

Trabajo arduo en el canal, almuerzos con figuras destacadas de todos los niveles, amistades con gente conocida a nivel internacional, viajes y reconocimiento, fueron protagonistas en estos años, tan diferentes a mis primeros dos intentos en una ciudad que es de todos y de nadie.

Escribiendo estas líneas con un poco de mi historia, me doy cuenta que la felicidad no está en los logros, sino en el camino que forjas con sacrificio para obtenerlos. Hace pocos días celebré mi cumpleaños, y los mensajes, las llamadas e invitaciones recibidas fueron abrumadoras, pues se contaban por los cientos. Recordé sentado en mi cama junto a mi esposa, que solamente unos pocos años atrás, mientras me desempeñaba como constructor en el día y mesero en la noche, el día de mi cumpleaños recibí las llamadas de mis padres y hermanas, dos amigos sinceros que viven en Colombia y que siempre me han querido por lo que soy y no por lo que tengo, y la invitación de mi hermosa compañía para cenar en un restaurante no muy costoso.

Miami me ha enseñado que la vida no es sencilla, que los sueños se logran a través de esfuerzo, que tienes que perder muchas veces para aprender a ganar, que a pesar de que en esta ciudad vivimos tantos latinos, no hay una identidad definida en el ambiente, pero que a pesar de esto, es la mejor ciudad de Estados Unidos, donde el mar, las palmeras, el sol constante, la alegría cotidiana, la diversidad de culturas y la buena comida, se combinan a diario con el incremento de talento, ese mismo que busca oportunidades para cumplir sus sueños.

Hoy me conforto pasando alrededor del edificio en Coral Gables en el que un día trabajé y en donde cometí mil daños. O comiendo en el restaurante mexicano donde fui despedido por no resistirme a una buena cerveza; o caminando por las calles de South Beach donde sufrí hambre, o manejando alrededor de mi primera morada/sofá; porque sinceramente valoro y agradezco por esos golpes fuertes, los mismos que me mantienen aferrado al piso, y a pensar cada día que no somos indispensables en ninguna parte, y si mañana pierdo mi empleo, mis contactos, o dejo de pertenecer a esa sociedad en la que me muevo, no tendría ningún problema de volver a trabajar en lo que fuera, de una u otra forma he aprendido a cocinar mejor que antes, y estoy seguro que ya no cometería las mismas torpezas en una construcción.

En mis ojos Miami luce mejor que ayer, tal vez es porque mi condición ha cambiado, quizás porque la disfruto más, o por qué no decirlo, se debe a que me he enamorado de ella y sus historias encarnadas en cualquier inmigrante.

Body Wrap City

Grettel J. Singer

Mis años de adolescencia los atravesé en Miami a finales de los ochenta y comienzo de los noventa. Un Miami muy distinto a esa metrópolis de hoy que se está forjando con diabólico ímpetu y no poca torpeza, peculiar suceso que irónicamente es también lo que le da ese aire fresco e irreverente.

En aquella época detestaba la ciudad tanto como detestaba mi vida. Me sentía una joven desdichada. Obcecada por un único objetivo: regresar a La Habana, donde había dejado atrás mi mar, mi casa y mi calle. Mi desdicha se debía en gran parte a las pérdidas que acababa de sufrir, pero sobre todo a mi entorno familiar. Mi vida era un círculo vicioso que consistía en despertar antes del amanecer para llegar a la escuela a tiempo, y a las dos y treinta de la tarde salir de prisa para llegar a las tres a *Body Wrap City*, un salón de belleza en donde me convertí en experta momificando con vendas y cenizas volcánicas a señoras y a veces hombres subidos de peso. Después de tomarle medidas de pie a cabeza, los clientes se sometían a una momificación que duraba una hora y garantizaba la pérdida de seis pulgadas mínimo o no se les cobraba. Un embalsamamiento que supuestamente seguía la estricta normativa egipcia y extraía toxinas del cuerpo. Luego de varios tratamientos gratis y clientes insatisfechos, los jefes nos exigieron a "las terapistas" poner más de nuestra parte y con tal de no perder el trabajo, restábamos pulgadas cuando tomábamos las medidas en la primera vuelta. Entre nueve y diez de la noche ya estaba de camino a casa, allí me esperaba por lo general un tormento. Sentada en la mesa de la cocina tratando de estudiar o terminar la tarea del día siguiente, escuchaba a mis padres discutir sobre una cosa u otra. El dinero nunca alcanzaba y esa escasez numerosas veces se volvía un tema tumultuoso, pero eran los celos inauditos y enfermizos de mi padre hacia mi madre lo que encendía la mecha del peor mal de todos los males. ¡Pobre diablo aquél que viva esclavizado por tan maldita desconfianza!

Algo de razón tenía mi padre, es decir, sus motivos cargaban lógica. Mi madre, delicada y desgarrada a partes iguales, era dieciocho años más joven y demasiado preciosa. De gestos finos y rasgos exóticos, con una gracia sin paralelo para bailar, reír, cocinar, amar, capaz de contagiar con su magia a cualquiera que se le acercase. En poco tiempo encontró trabajo, aprendió el idioma, adoptó la nueva cultura, se realizó, por así decirlo, porque mi madre hallaba sin falta y con asombrosa fe, conciliarse ante cualquier adversidad. Mi padre, en vez de adular orgulloso su buena fortuna, aborrecía tener que compartir lo que él consideraba suyo y de nadie más. La vida fue injusta en ese sentido, pues mi madre tenía ojos sólo para él, nunca una mirada desviada. Su existencia, de hecho, tenía sentido únicamente en su presencia y cada segundo lejos de mi padre era, sin exagerar, una eterna espera y un absurdo subsistir. Lástima que él viviera en función de sus celos en vez de su suerte...

El desenlace, no sé si debido a inseguridades emocionales o a debates existenciales, fue una depresión crónica, de las que te enclaustran en cama por una década. La experiencia de mi padre en Estados Unidos nunca fue lo que imaginó durante aquellos años que desde la isla esperábamos a que se concretara el proceso de la salida y sin embargo al poco tiempo de emigrar de nuestra tierra, ya estaba arrepentido. Allí al menos trabajaba en uno de los canales de televisión, en un puesto que disfrutaba al máximo y que le obsequiaba ciertos privilegios que muchos ciudadanos no gozaban en cualquier instancia. Una vez en el exilio, sin dominar el inglés, a una edad demasiado madura y la cabeza llena de pajaritos, sus sueños se fragmentaron y como polvo se dejó arrastrar con la primera brisa de mal tiempo barriéndolo completico. A partir de ahí cayó en una espiral de la cual no se recuperó. Mi hermano y yo nos vimos obligados a trabajar para poder ayudar con los gastos de la casa pues con el sueldo de mi madre no era suficiente.

Los sábados, mis horarios en *Body Wrap City* eran de ocho de la mañana a ocho de la noche. Mis padres dormían hasta casi el mediodía y era cuando único me permitían ir caminando sola hasta el salón que quedaba en Coral Way y la treinta y dos avenida. En cuatro ocasiones me topé con exhibicionistas. Una vez con un señor justo en la esquina de mi casa por la veinte calle del S.W. y la veintidós avenida y las otras tres veces en la misma Coral Way con un muchacho que usaba gafas como las de John Lennon y no pasaba de los treinta años. Preferí no mencionarlo en casa por miedo a que me quitaran mi único momentico de libertad y en cambio cambié el rumbo tomando la veintiuna Terrace hasta llegar a la veintisiete avenida donde me volvía a incorporar a la Coral Way.

El domingo, día de descanso, era el peor de la semana encerrada en casa hasta el día siguiente, aunque a veces me escapaba a dar un paseo antes de que mis padres despertaran. Mi madre y en especial mi padre, eran sumamente estrictos y fuera de la caminata desde la escuela y desde la casa al trabajo no me dejaban ir a ningún lugar sola ni con amigas excepto en raras ocasiones que con meses de antelación y toda restricción posible, me daban permiso para asistir a alguna fiesta de quinces chaperonada por mi hermano. En mis tiempos de ocio leía y a veces pintaba. Mi madre me reprendía argumentando que el olor del oleo era tóxico y le provocaba náuseas. Yo le reviraba los ojos sin que ella se diera cuenta porque hasta no hace mucho las madres tenían otras costumbres y los hijos otros valores, no como los jóvenes de hoy que van llenos de leyes y mal carácter, a quienes hay que abrirles paso para que sus elevados humos se desplieguen oronda y gloriosamente. Yo venía de otra escuela, la escuela del silencio y la sumisión en respuesta a mis padres cada vez que me sacaban de quicio, asimilando mi rabia sin que nadie se diera cuenta.

Pero lo cierto es que mi verdadera desdicha tenía que ver con otra cosa, o tal vez, con todo lo demás. En mi interior llevaba una pena amarga que apenas conseguía ignorar con pequeñeces y de un modo infrecuente y en su mayoría superficial. Si era depresión, no lo sabía entonces. Mi padre era el único enfermo permitido en casa. Definir con exactitud me es imposible, a veces sufría por grandes cosas, la desgracia endémica del mundo mundial que se realizaba con absoluta naturalidad y que durante la adolescencia, la mía en particular, descubría desconsoladamente. Si había un Dios, para mí no existía, escepticismo inculcado por mi padre ateo, pero también por la realidad tan increíblemente absurda y egoísta en la que me veía rodeada no sólo en mi círculo más íntimo sino en el más lejano y desconocido. A veces matar un mosquito me consternaba tanto como cualquier otra fatalidad. Un niño ahogado, otro raquítico y malnutrido en África, el terrorismo en el Medio Oriente, mi familia en Cuba pasando las de Caín y un mosquito aplastado. Todo era uno, conspirando contra cualquier noción de lo que hasta entonces pensaba que era realmente el mundo y los seres humanos. La mera idea de que todos estábamos a merced de fuerzas mayores y anónimas me era tan insoportable que lo único en mí fortaleciéndose era la agonía que como un gran trozo de plomo acarreaba sobre mis hombros. Número uno, si yo estaba apta para acabar con la vida de un mosquito con la palma de mi mano y número dos, no llegar a sentir una onza de remordimiento, qué podía esperar de mi propia vida. Nadie estaba a salvo. Y lo que era más cierto aún, claro que maté mosquitos, cucarachas y hasta ratones y claro que luego me hundía en una laguna de tristeza y desasosiego pues de seguro un gigante esperaba a que yo marcara en falso para aplastarme a mí también. Cuán mediocre y cuán sublime al mismo tiempo era y éramos la raza entera.

Desde los dieciseises años también aprendí las desdichas del amor. Todo o nada era la única forma, en cambio el todo solo llevaba a la nada. La ley del Tao cobró mucho sentido por ese entonces y aunque los placeres carnales no los conocí hasta mucho después, pronto comencé a intuir que el amor era el más desdichado de los padecimientos, capaz de enloquecer y destruir hasta al mayor sabio y práctico de los hombres e inexplicablemente el amor era también la única cura lo suficientemente potente para desplazar la negrura que yo llevaba y que todos llevamos por dentro.

Una contradicción seguida por otra. En esa dramaturgia acontecían mis días. Luego me tropezaba con una hilera de flamboyanes florecidos o una bandada de pájaros circulando en algún semáforo y una vez más volvía a la luz y se reinstalaba en mí fugazmente una fuerza pura y curativa, semejante a la de la naturaleza que era la misma que la del amor.

Un ángel, además, vino a rescatarme durante aquellos años. María la florera, la ecuatoriana cincuentona que trabajaba en el puesto de flores a la entrada del parqueo de la treinta y dos avenida frente al Office Depot. Hacía ocho años que no veía a sus hijos a quienes había dejado en Ecuador al cuidado de su marido. Hablaba con ellos una vez al mes y sobrevivía de las cartas, fotos y la satisfacción de proveerles mejor vida con el dinero que les enviaba desde Miami. Su puesto de flores atraía a quien buscara una historia, ya fuera para contar o para escuchar. Ni antes ni más adelante volví a conocer a alguien tan romántico y tan ingenuo. Cierto que María no había terminado la primaria, mas se expresaba con candor y un flujo de palabras y una pasión impresionantes. Leía poesía en voz alta mañana, tarde y noche. En mis espacios entre clientes me sentaba a escucharla y en esos lapsos algo en mí sanaba. Ser de alma y corazón impolutos. Inesperadamente sagaz para algunas cosas e inútil para otras tan comunes como abrocharse los cordones. Sus hábitos y comportamientos era inusuales, sus modales casi hipotéticos, comía demasiado y a deshoras, se maquillaba en exceso, el tiempo y espacio eran conceptos distantes y su falta de higiene era más que preocupante. Una vez que mis jefes estaban de vacaciones la invité al salón para hacerle el tratamiento de momificación pues ya venía meses insistiéndome con ese tema. Los olores que salieron de su cuerpo no pueden haber sido normales y mis compañeras de trabajo me amenazaron con denunciarme si se me volvía ocurrir traer a María al salón. Aun así, permanecía iluminada como el Buda. María acaparó a todos los que la conocimos y entres sus flores y su destello y los *hits* a todo dar que tocaba en su *boombox*, lo mismo de Chopin que de Juan Luis Guerra, a menudo merodeaba alguien sucumbido a sus hechizos. La estación de radio, El Zol 95, estaba en el mismo edificio del salón y María era la florera por excelencia, así pues desde su humilde puesto conoció a muchos famosos de esa época en Miami. Pero a mí me atraían más los otros personajes tan disparatados o más que ella que hicieron de ese rincón un salón intelectual.

Amador, un payaso que nunca se quitaba el disfraz, a veces nos asustaba con su intensidad y a veces con su filosofía, más descabellada que la de la propia María. Ama, Amado y Amador era la definición que le daba a su nombre cada vez que se presentaba. Su poesía era fogosa, para mayores de edad. Yo escuchaba ecuánime y en silencio con tal de pasar desapercibida. También estaba el borracho que a menudo le mendigaba algún cambio a María y ella le daba de a diez dólares cuando no encontraba menos en su *fannypack* y luego me pedía de mis propinas para completar las ganancias del día y evitarse malentendidos con don Oscar, su patrón. La prostituta que aparecía y desaparecía, con sus numerosas enfermedades y desengaños y que a veces, como yo o muchos otros, se quedaba horas en el lugar de María vendiendo las flores sin saber cuándo regresaría. Un tal barbudo, casado y cuya firma de abogados estaba también situada en el edificio del salón, era la luz de sus ojos. Cómo lloraba María por ese hombre que nunca veíamos y que ella no podía dejar de mencionar o de adorar. El supuesto *affaire* era poco creíble. Su trastorno, apariencia e higiene dejaban mucho que desear. Sin embargo una tarde la vi montada en el carro con un elegante barbudo saliendo del parqueo del edificio. Si era el mismo barbudo e iban a un motel o algún otro lugar, nunca supe con certeza, su mundo era como ella lo pintaba fuera o no la realidad.

Las veces que lograba escaparme de casa los domingos por la mañana, pasaba primero por el puesto de María en mi bicicleta verde y de ahí iba directo al cementerio de la ocho y la treinta y dos avenida. Aunque hasta a la propia María le parecía inusual y de mal agüero mi encuentro con los muertos, al final me donaba varios ramos de flores para repartir entre las tumbas de niños con aspecto abandonado. Ahora le veo el morbo, no tanto en aquél entonces. Sentada bajo la sombra de sus frondosos árboles leía y sentía una paz que no encontraba en ningún otro lugar, mucho menos entre los vivos.

Santiaguito, otro personaje que hacía su parada habitual en el puesto de María después de las cuatro de la tarde y rara vez antes, formó un estrecho lazo de amistad conmigo a pesar de la gran diferencia de edad, cerca de setenta años. A veces en camino hacia el Winn Dixie situado al lado de Office Depot, me agarraba fumando a escondidas. El sermón desde la salud hasta lo antihigiénico y poco femenino no me lo quitaba nadie. Era mi único acto de rebeldía y al tiempo Santiaguito fue cediendo. A pesar de nuestras edades tan desiguales, Santiaguito y yo teníamos bastante de qué hablar. Un año antes había descubierto la música de Beethoven y con esas melodías cruzaba los bosques más fríos y oscuros de mi interior. La trágica biografía del músico que me había contado mi profesor de banda me habían enfatuado. Poco a poco las conversaciones con el profesor se fueron extendiendo y a veces pasaba los horarios del almuerzo en su oficina conversando sobre música clásica y otros virtuosos a la altura de Beethoven. Una fascinación por el tema me había secuestrado de improviso y no pensaba en otra cosa que absorber hasta los detalles más comunes. Pero un buen día el profesor me pidió que no lo visitase más durante el almuerzo pues sus sentimientos hacia mí comenzaban a nublarse y nuestros encuentros podían verse interrumpidos por las intenciones de un hombre y no las de un profesor. Santiaguito en cambio me veía como un niña curiosa y deseosa de oír sus infinitas anécdotas y su enciclopedia musical. Pavarotti, Monserrat Caballé, Alfredo Kraus, Mario Lanza, Anna Moffo, Plácido Domingo, Joan Sutherland... ¡Cuánta música excepcional descubrí con Santiaguito! Grabaciones raras que me prestaba y seguramente eran de gran valor. Yo las pasaba a cassettes y devolvía enseguida ansiosa de que algo pudiese ocurrirle a sus vinilos de colección mientras estuviesen en mis manos. Santiaguito era viudo y no tenía hijos ni familia. Su música era su único tesoro y claro, su vasto conocimiento sobre ese género. No sé qué tenía en contra de María Callas, puro teatro y voz lánguida y escurridiza, aseguraba Santiaguito. A sus espaldas escuchaba las arias de la Callas para no decepcionarlo. Joan Sutherland en cambio era su diva, la reina del belcanto. La presentación en La Scala en 1961 lo había marcado. Para Santiaguito no había mejor grabación que La Traviata con Pavarotti junto a Sutherland, ópera que apenas escuché su obertura me deshice por completo un fin de semana entero. Cuánta hermosura podía transmitir una pieza musical sin siquiera haber llegado a la primera aria. Amor, inocencia, romance, ilusión, desventura y el trágico desenlace todo en menos de cinco minutos y sin una sola palabra. Santiaguito tenía razón, hay y habrán mil versiones, pero la de Pavarotti junto a Joan Sutherland es la única. Yo la escuchaba en repetición hasta entre turnos de clases. Mi obsesión era tal que mi mejor amiga quien nunca se inmutaba con mis caprichos comenzó a reparar en el tema. Lo esencial para mí era

49

poder olvidar mis penas y llegar hasta lo más profundo y tangible con tan solo cerrar los ojos y dejar que la música inundara mis oídos y mis sentidos, crudos y sedientos de explorar desde la oscuridad la condición humana que se revelaba impunemente.

Luego descubrí a Billie Holiday y me enganché con el Jazz y el Blues. En el Spec's Music, situado en lo que era en aquel tiempo el Miracle Center que estaba antes de llegar al Sears de la treinta y siete avenida, trabajaba un muchacho más o menos de mi edad que era un fan empedernido de la buena música y sus recomendaciones abrieron mis horizontes. Nina Simone, Leonard Cohen, Caetano Veloso, The Mamas and The Papas, Miles Davis, Peggy Lee, Sarah Vaughan. En mi casa escuchaban a la trova cubana, Miguelito Cuní, Los Van Van, el Beni y también a ellos les di horas de vida y ellos a mí años de inspiración.

Entre la música y los libros fui resucitando. En la escuela tuve dos profesoras que me introdujeron a un mundo literario antes inexplorado. Mrs. Willis, la de inglés, nos inculcaba a Shakespeare, Henry James, Toni Morrison, T.S. Eliot, Norman Mailer, William Faulkner y hasta las letras de las canciones de Queen, banda favorita de su hermano quien había fallecido de SIDA meses antes. Y Mrs. Verazain, cuyo entusiasmo por la generación del noventa y ocho y la del veintisiete me acaparó con un interés casi retorcido. En aquel tiempo los libros de García Márquez, Borges, Unamuno, Calderón de la Barca y Lorca, entre otros, se convirtieron en mi salvación, pero las historias densas y crudas de Ana María Matute fue lo que me animó a soltar esos primeros apuntes.

Fue por entonces que mi pluma comenzó a desinhibirse. Cientos de poemas llenaban las páginas de mis libretas y cientos de veces las quemaba. También quemé un manuscrito de una novela en una terraza de Coral Gables en mi primer apartamento. Más adelante en vez de quemar, revisaba y reescribía. Paulatinamente se fueron acumulando los años y fui perteneciendo nuevamente a un lugar y encontrando una voz que palpara mis vivencias y aquel infinito mundo interior que todavía hoy estoy relatando.

Cuando hablo sobre Miami lo hago como lo hacen los adolescentes sobre sus padres, con afán, cierta ingratitud y demasiadas quejas. Pero lo cierto es que Miami es muy mía, fue la ciudad que me acogió con brazos abiertos y risas ardientes. Allí crecí, me hice de mil amigos, conocí el amor, nacieron mis hijas, escribí mi primera y mi segunda novela, me gradué de la universidad, me casé, me divorcié... Cuando vuelvo, la salida del aeropuerto nunca deja de sorprenderme, como la casa a la que siempre retornamos y se mezcla la nostalgia, la alegría, lo familiar y por supuesto, el deseo urgente e indecoroso de un pastelito de guayaba del Versailles.

El día que Simon, Garfunkel y yo cantamos en Miami

Rodolfo Pérez Valero

Aquella noche estaba sentado en el American Airlines Arena de Miami junto a Raque, mi esposa, y mi amigo Daniel (quien me sirve de intérprete entre mi inglés y el que se habla en realidad) para presenciar el concierto *Old Friends* de Simon y Garfunkel, y mis sospechas se fueron confirmando: sólo veíamos extranjeros, es decir, americanos de pelos rubios y ojos azules, y allí no había nadie más de mi pueblo. No podían imaginar Simon y Garfunkel que en un sitio llamado Guanabacoa (en sus oídos debe sonar amazónico), algunos aborígenes los escuchábamos a principios de los setenta.

Muchos coterráneos de mi generación se criaron con la oreja pegada a viejos radios donde escuchaban la emisora WQAM de Miami, y así se hacían la ilusión de que no estaban totalmente apartados del mundo. La WQAM fue algo tan imbricado en nuestras vidas, parte tan importante de nuestro desesperado intento de estar al día, que para un joven de otro país resulta incomprensible. Allá en la isla podíamos, gracias a esa emisora, estar tan al día de la música moderna como cualquiera en Nueva York. Y probablemente estábamos más al día, porque magnificábamos esas melodías: era lo

53

único que nos relacionaba con lo actual en el mundo libre y exterior. Había que oír las canciones en condiciones de clandestinidad, porque en esa época escuchar una emisora extranjera era considerado como un acto de contrarrevolución, con consecuencias.

Yo me sentía privilegiado gracias a que mis padres, que habían emigrado a Estados Unidos —yo no pude porque me lo impidió la Ley del Servicio Militar Obligatorio— me mandaron en 1967 un paquete de ropa en el que incluyeron un LP de Simon y Garfunkel y otro de los Bee Gees. Ninguno de ellos podría haber imaginado que mis amigos y yo arriesgábamos parte de nuestro futuro con tal de escucharlos en un viejo tocadiscos.

Allí estábamos: ellos con sesenta años cada uno o más y yo, un adolescente de apenas cincuenta y seis.

Y pensé en las paradojas: esos cantantes siguen recogiendo los frutos de la cosecha que iniciaron en los años sesenta, y nosotros no tenemos nada que recoger, todo tuvimos que recomenzarlo desde cero. Salimos de Cuba y vivimos en otros países, en el extranjero que ya no es el extranjero, sino que se convierte en el país propio que, tristemente, nos da más que el de nacimiento, aquel que se nos convirtió en un obstáculo para toda nuestra existencia. En busca de LA VIDA, emigramos a sitios extraños cuando ya habíamos dejado atrás nuestra juventud.

Pero hay otra paradoja vital y optimista: es la importancia de lo que he vivido en lo que antes era "el extranjero". Si muriera mañana mismo, ya lo experimentado en estos años en Miami tiene el peso de otra vida entera. Tengo dos existencias: aquella de Cuba, que parecía eterna, y esta otra, ilimitada y pletórica de planes propios, que a veces siento que la está viviendo otro yo o un hermano gemelo. ¡Qué pobre sería (espiritualmente, quiero decir, porque en lo económico es demasiado obvio cuán pobre sería) si me restaran la experiencia vivida en este extranjero del cual ya soy ciudadano pleno!

En el escenario, Garfunkel, que antes era bien parecido, estaba flaco y feo, y Paul Simon no podía verse peor: sin peinar el poco pelo que le quedaba y con ropas de joven pobre (quizás algún complejo de culpa por ser millonario, adquirido en aquella época de hippies y Guerra de Vietnam).

Cuando llegó el momento esperado y Simon y Garfunkel comenzaron a cantar *Bridge Over Troubled Water*, las miles de personas que estábamos allí nos pusimos de pie y cantamos con ellos, y algunos lloramos un poco por nuestra juventud que ya pasó, un soplo de la cual parecía que quedaba aún esa noche en el American Airlines Arena.

En el intermedio, Daniel y yo fuimos a la cafetería a comer perros calientes. Junto a nuestra mesa estaba una pareja de americanos. Él, corpulento y canoso, con pelo y barba blanca muy cuidada; ella, una típica americana de tez pálida, pelo largo lacio y ojos claros. Ambos vestidos casuales (como debe ser para un concierto de cantantes de los sesenta y setenta, como fuimos todos, con jeans y dando salticos juveniles). Daniel les preguntó en inglés por los absorbentes, y cuando dijeron y señalaron, yo fui a buscarlos.

Lo que ocurrió a continuación me dejó perplejo, pues al regresar con los absorbentes, el americano me preguntó si yo era Rodolfo Pérez Valero.

Me lo preguntó en español. Pero no es que él aprendiera español para poder conversar conmigo porque conociera toda mi obra literaria. No, de eso me di cuenta porque su español tenía cierto tufillo a sonoridades que yo estaba escuchando desde mi más tierna infancia. El americano resultó ser de mi pueblo, se llama Armando Pérez Cárdenas, y dijo que me conocía (no sé si mi obra, pero al menos mi cara —algo es algo—) pero se preguntaba si sería yo. Le dije que sí, que yo era yo. Como se ve, resultó que sí había más gente de Guanabacoa en el concierto. Cuando la americana que lo acompañaba (di por seguro que ella fue quien lo llevó) habló, resultó que ella, Gloria, también era cubana.

Armando me contó que en Cuba era médico y vino en el 88 para Miami, donde estaba tratando de revalidar su título. Otro al cual la vida le deparó paradojas, como a mi tío Gely, que cuando veía películas de Hollywood en La Habana ni siquiera imaginaba que años después trabajaría en ese mismo Hollywood... de lechero.

Así terminó la noche, con canciones de Simon y Garfunkel cantadas por miles de personas en un recinto repleto de juventud detenida. Pero sobre todo de la juventud de gente como nosotros, que sólo ahora la vida les está dando una segunda oportunidad para experimentar lo que quisieron vivir, pero no pudieron.

A partir de ahora, cuando escuche esas canciones, meteré las manos en los bolsillos de mi jean y me moveré ligeramente al ritmo de la música, con un soplo de la energía que tenía cuando las escuchaba en momentos en que el mundo dramáticamente doblaba la esquina de los sesenta y entraba en los setenta mientras nosotros, aprendices de adultos, tratábamos de entender cómo había que censurarse para poder vivir al menos una vida limitada.

Simon, Garfunkel y yo, *Old Friends*, cantamos los tres en Miami, después de conocernos hace más de treinta años, cuando sus voces saliendo de un tocadiscos en mi casa eran como un puente que nos salvaba de las aguas turbulentas. Este tipo de reencuentros nunca se experimentan con impunidad, siempre tienen un precio, pues abren puertas a reflexiones que, quizás si se comparten, se quedan tranquilitas ahí y nos dejan seguir con alegría luchando porque nunca muera ese *teenager* (o pepillo, como se decía hace décadas en mi pueblo) que aún ocupa un sitio intangible en nuestro interior.

Memorias del centro

Luis de la Paz

Llegar al Downtown de Miami es como arribar a un espacio lleno de misterio, con algo de magia; tropezar con sitios sorprendentes, decidido progreso y peligros incesantes. El centro de Miami provoca en mí encuentros y desencuentros permanentes. Hay una suerte de atmósfera que contagia y a la vez contrasta con lo que veo, con lo que hago, con lo que descubro, con cierto hechizo. Todo esto lo resumo en una sola palabra: satisfacción.

Para citar a un amigo con una frase racista, Miami es una isla rodeada de negros por todas partes. Como toda expresión que busca resonancia para arrancar la risa, tiende a ser una media verdad. Es cierto que muchos de los afroamericanos, nombre políticamente correcto para referirse a los ciudadanos norteamericanos de la raza negra, viven en los alrededores del Downtown. Pero el centro de la ciudad es mucho más que sus habitantes negros, y los blancos, a los que no sé por qué no llaman, para mantener el equilibrio étnico, europeoamericanos. Estos "arios", tienen también una notable presencia, claro, en otro sector más opulento, pues una de las primeras cosas que se aprende, incluso te advierten, y te hacen notar cuando llegas a Miami, es que la gente vive en *guettos* y nadie tiene interés en mezclarse. Miami Beach y North Miami, acoge a los judíos; Haulover está copado por rusos en las altas y modernas torres que se han

59

levantado en sus alrededores; en Wynwood los dominicanos y puertorriqueños conviven juntos, pero no revueltos; en la Pequeña Habana, lo que queda de cubanos, que van siendo reemplazados por centroamericanos. Parte de Miami Beach por argentinos; Westchester por nicaragüenses; Doral por los venezolanos... Siempre me ha extrañado que habiendo tantos asiáticos no exista una barriada para ellos, y mucho menos un Chinatown, tan popular en muchas ciudades importantes, además, tan económicamente viable. Quizás se deba a aquello de que cualquier persona con los ojos rasgados se identifique como "chino", cuando en realidad, puede proceder de Japón, Corea, o cualquier otro país del sudeste asiático, por lo tanto con culturas y hábitos diferentes. Tal vez ellos, "los chinos" hacen lo mismo que los hispanos, se aíslan en sus propios *guettos*, quieren sus *guettos*.

El Downtown fue para mí, primero, un nombre que definía la parte más importante de la ciudad, luego, un edificio, el Hotel Everglades, lugar lleno de historia, no solo porque varios amigos llegados a Estados Unidos durante el éxodo del Mariel estuvieron allí, sino porque por ese lugar pasaron, y esto sí es destacado, los soldados norteamericanos que se adiestraban para participar en la Segunda Guerra Mundial. También allí se le dio albergue a cientos de miamenses afectados por el devastador huracán de 1926. Y en los años cuarenta, fue la sede del canal 4, la primera televisora que transmitió localmente en Miami. A nadie le importó el legado, y a pocos la demolición del hotel en el 2005, para hacer una nueva torre comercial (Wikipedia aparte, esto es vida vivida por mí, y cultura general).

En un momento dado —no recuerdo cuándo—, en el Dupont Plaza, otro sitio arrasado por la modernidad casi al mismo tiempo que el Everglades, conversé con unos periodistas del canal 13 de la televisión de Chile sobre la situación en Cuba. Estaba nervioso, y mi acompañante, otro recién llegado como yo, aún más. Espero que no hayan transmitido la entrevista, pues balbuceaba, tejía largas historias sin llegar nunca al punto de lo que me preguntaban... falta de experiencia, la inculcada costumbre de hablar con frases hechas, la consabida mirada del Gran Hermano aguardando cualquier desliz para reprimir. El hombre de lejos en su permanente asecho sobre mí.

También en el centro, pero por breve tiempo, trabajé vendiendo helados, con un carrito que desplazaba por las calles haciendo sonar unas campanas que por su sonido identificaba al heladero. Allí conocí a un turista peruano, un joven que se puso a conversar conmigo durante tres días consecutivos. Arribando yo a mi sitio de trabajo, llegaba él casi al instante. Ya en el segundo todo estaba claro y en el tercero, tras concluir mi jornada laboral, tuvimos adecuadamente la última conversación. Después desapareció, pero no olvido su cara de asombro, y de miedo, cuando comenzó a caer un torrencial aguacero, y los truenos estallaban sobre los edificios. Me dijo que en Lima nunca llovía así, que estaba viviendo una experiencia única. Yo, tan joven como él, lo protegí desde mi experiencia de animal tropical y caribeño, acostumbrado a esas explosiones tormentosas en las tardes. Y fue ese día de verano, cuando por primera vez desde que llegué al exilio, me aventuré a explorar otro cuerpo en Miami.

En esos fabulosos ochenta el ambiente era bastante sórdido —como lo es ahora, y como lo será en el futuro—, el escenario visual lo describían los marielitos con sus pitusas remangados, los nicaragüenses huyendo

61

de los sandinistas, los haitianos arribando a las costas de la Florida junto a los cubanos y fomentando poco a poco el Pequeño Haití. El tráfico de drogas, su consumo como si se tratara de un Marlboro y la violencia étnica trazaban el perfil local. Todo bastante jodido, es cierto, pero para los emigrantes y exiliados que nos incorporábamos a Miami, resultaba mejor que la situación que habíamos dejado en nuestros países.

Luego la discriminación rampante: "¿eres marielito, de los buenos o de los malos?".... "ustedes los recién llegados hablan distinto", me decían. ¡Cómo me molestaba eso!, pero era verdad, hablábamos distinto, un acento grave, que se fundía con una gestualidad aspaventosa hasta hacer destilar de manera involuntaria, vulgaridad. Ese lenguaje corporal y articulado con desgano (tal vez hambre), marcaba una identidad. Con el tiempo, la mayoría, asumió el acento miamense, que todos, sin importar la nacionalidad, adquirimos inconscientemente. Si no, pregúntenle a sus amigos, qué le dicen cuando viajan a sus países de origen.

En esos años (cada vez hago oraciones más largas y con más subordinadas), el corazón de la diversión era el Omni. Bueno, soy injusto, porque había también frente al Jai Alai un lugar para patinar en hielo, y por distintos sitios de la ciudad, pistas para bolear, de las que ya quedan muy pocas. Pero el Omni era el punto de encuentro de la juventud por el parque de atracciones y entretenimiento que había en uno de sus pisos inferiores. Existía toda una dinámica de diversión. En ese lugar conocí a otra turista, una uruguaya, pelirroja, llena de pecas en el pecho y en los brazos. Era tan asombrosa su piel, que la hacía muy sensual. Con ella fui a su hotel y descubrí que las pecas le cubrían todo el cuerpo.

En los ochenta el Downtown vibraba de turistas desplazándose por sus calles y también de residentes locales que trabajaban en las oficinas de los alrededores, entre ellas la corte. Me gustaba moverme por sus avenidas porque me proporcionaban la sensación de estar en una ciudad tal y como yo la concibo, como La Habana, que era mi único referente en aquel entonces. Los turistas pululaban por el centro, sus aceras hervían de comercios, de gente comprando, de turistas sudamericanos fundamentalmente, brasileros, para ser más preciso, *se fala português*, aparecía en la puerta de muchos comercios. Todo cambiaba drásticamente al caer la tarde. Todo se blindaba de rejas y candados, las calles quedaban desoladas, los desamparados aparecían de manera tumultuosa a ocupar los portales para pasar la noche. Por eso me decían, "no estés de noche en el Downtown, los negros son peligrosos"; me explicaban más: "los negros americanos no son como los latinos". Me asombraba tanto prejuicio. Y a mí que me gustaba caminar por todo el centro, visitar el cementerio más antiguo de Miami, que está por allí, abierto nada menos que en 1897. Quedar deslumbrado por el Edificio Bacardí, una estructura que todavía me sobrecoge cada vez que la veo.

Pero de verdad tuve problemas con los morenos. Sí. Eran días de disturbios porque un policía blanco había matado a un joven negro, y lo habían declarado inocente en el juicio. Una gran injusticia, como casi siempre ocurre, el poderoso se impone y las minorías pagan las consecuencias... entre ellos yo. Recuerdo que viajaba en un autobús —yo era el único blanco, o latino o el único diferente al resto de los pasajeros— que atravesaba desde Hialeah toda la sesenta y dos avenida, luego subía por Biscayne y más tarde me forzaba a hacer una transferencia en Flagler —en el punto de cambio de ómnibus, lo raro era ver un negro, y mucho menos un "anglo"—, para tomar la ruta 6 hacia la Pequeña Habana, donde vivía. Yo no entendía lo que pasaba, pero un joven negro comenzó a alterarse. A mi lado, un negro dominicano me dijo en voz baja: "es contigo". No te muevas. Sentí miedo, el negro se acercó a mí, pero los otros pasajeros no se le unieron. El chofer, también afroamericano —coño, como me jode la palabrita—, intervino, le dijo algo con un tono fuerte y el muchacho se bajó. De repente una piedra golpeó la ventana del ómnibus, por suerte nada pasó.

Por varios días no fui a trabajar por temor al negro, más bien a los disturbios que continuaban con incendios y saqueos, y desde luego, con la brutal represión de los antimotines. Pero ese que quería agredirme, era un negro, no todos los negros... Con ese incidente tomé conciencia de que el problema racial nunca se calmará en Miami, ni en todos los Estados Unidos, es un tema latente, interminable, centenario, que no avizora una solución, ni con la independencia de los esclavos, ni la guerra civil, ni miles de *I have a dream* de Martín Luther King, ni con los matrimonios interraciales, el fin de la segregación, y mucho menos con un presidente negro como Barack Obama. No hay solución, porque prevalece el concepto de *guetto*.

El Downtown, sin embargo, ha aportado tanto a lo que es hoy la ciudad. El río Miami, la calle Flagler demarcando el norte y el sur, el edificio de la corte, estaciones de televisión, periódicos. No solo *The Miami Herald*, sino el fabuloso edificio de The Miami News, vespertino ya desaparecido, del cual guardo su última edición. Se le conoce como la Torre de la libertad, por haber sido la sede del centro de ayuda a los cubanos refugiados de los años sesenta. Hoy. Sí, hoy, después de estar abandonado y a punto de ser demolido, está en el catálogo de sitios históricos protegidos, y en manos del Miami Dade College que lo ha revitalizado, acogiendo exposiciones sorprendentes, como la de *Instrumentos de tortura*, quizás una de las exhibiciones que más me han impactado en mi vida.

Haré otra digresión, esta larga: me estremece saber, comprender, constatar cómo se somete por la fuerza la voluntad de un individuo mediante distintos métodos de tortura. No importa si para adornar el perverso y alevoso dolor, la angustia o la muerte, se denomine, eufemísticamente, justicia, ejecución o métodos persuasivos. La realidad es que existe una horrorosa relación entre el ser humano como ser pensante y su malévola capacidad para infligir sufrimiento a sus semejantes. Eso fue lo que pensé cuando vi la exposición, que a la entrada, en pleno Biscayne Boulevard y justo frente al American Airlines Arena, mostraba una guillotina enorme. La variedad de utensilios que se han empleado para ocasionar castigo (cerca de un centenar de herramientas se mostraban), deja claro que siempre ha habido un pérfido gozo en perfeccionar los métodos para doblegar por medio de la tortura la resistencia física y la dignidad de la víctima (aun cuando previamente haya sido un victimario). Pero el regodeo con el dolor ajeno tiene sus anales en el sacrificio de niños y doncellas como ofrendas a dioses que supuestamente reclamaban sangre; en los espectáculos con gladiadores en las arenas, incluso en la propia crucificción de Jesús. La exposición en la Torre de la libertad aun repercute en mí.

En el tan temido Overtown, se levantó el Teatro Lírico de Miami en 1913, una construcción asombrosa, que pocos conocen por encontrarse donde se encuentra, es decir: en el *guetto* negro. Un día tropecé con el lugar y quedé fascinado. Los negros me miraban como un intruso en su comunidad y yo los miraba desafiante, y haciéndoles creer que tenía un arma para protegerme si me atacaban. Pero nos mirábamos como se observa lo que te rodea, lo que ocurre es que se disparan los resortes de defensa cuando estás en un lugar que donde te han hecho creer que eres vulnerable. Años después esos mismos mecanismos de defensa los he percibido cuando los veo a ellos circular por barriadas "predominantes", — esta palabra le encanta usarla a los políticos— de hispanos o americanos. Cuando eso pasa, somos nosotros quienes los miramos con actitud desafiante. Es una pena que vivamos tan segregados, autosegregados, fríos ante nuestros vecinos y compañeros de trabajo y de la vida diaria.

En cierta ocasión a mi madre le ofrecieron un apartamento subsidiado en el corazón de Overtown. Yo fui a entrevistarme con la administradora. Cuando estacioné, varias personas se dispersaron pensando que había llegado un policía. Otros no me desepegaban la vista. Entré despacio, caminé por un pasillo y toqué en la oficina. Desde luego, una afroamericana me recibió. Amable, risueña, con mucho *baby* para todo. Casi no tuve necesidad de hablar. Ella misma me dijo: "no te preocupes, este lugar no es para tu mamá". Le extendí el papel y anotó: *El edificio no reúne las condiciones para una persona con necesidades especiales*. Era una frase hecha, tan políticamente correcta como lo de afroamericano, para decir que era una hispana en una barriada predominantemente negra.

Después de todo no había nada de racismo, sino de ambientes, esa negativa a la convivencia, algo así como 'cada oveja con su pareja'. Y eso se ve hasta en la política, en los noticieros, se habla de las comunidades afroamericanas, de los estados predominantemente negros, los barrios con mayoría latina. Todo un ambiente que poco a poco, sin darse cuenta, uno mismo va asimilando y asumiendo con naturalidad. Y eso es algo desafortunado, no es bueno para nadie.

Pero el Downtown es vital, intenso, crece, los edificios revientan contra el cielo, los deportes, los centros culturales, como el complejo Adrienne Arsht Center, el Centro Cultural Español, y la Arena, donde lo mismo hay deporte, que un evento religioso, que un concierto; está el Bayside, imán para los turistas; el nuevo Pérez Art Musseum, que desató una gran polémica porque a los racistas no les agradaba el apellido hispano. Pérez, no, Arsht sí. ¡Qué mal estamos, qué jodidos seguimos! Aun así se va imponiendo el centro, pero todavía falta el público, aún queda mucho por hacer para romper el miedo, para crecer y que regrese el centro de la ciudad a la vida colectiva. Yo no lo veré. Pero lo que he visto, lo que he vivido, ha sido maravilloso.

La gran inundación

Camilo Pino

"Si en Miami hubiera poetas, estarían escribiendo sobre la gran inundación".

Bruce Mowry, Ingeniero de la Ciudad de Miami Beach

Comencemos por el fin. Todos sabemos que Miami se va a inundar. El calentamiento global es una realidad que nadie en su sano juicio cuestiona. De hecho, la pregunta que se hacen los científicos no es si el mar se va a tragar a Miami, sino cuándo lo va a hacer. Los pronósticos conservadores dicen que la gran inundación ocurrirá en cien años, los más atrevidos en quince. ¿Qué hacemos los miamenses mientras tanto? Lo que sabemos hacer mejor: especular, doblar nuestras apuestas por la ciudad, construirle monumentos al calentamiento global y venderlos por pedacitos al mejor postor.

En Sunny Isles, el exuberante vecindario al norte de Miami Beach, se alza la torre Porsche; un cilindro de cristal negro de cincuenta pisos frente a la playa. El principal atractivo del edificio de residencias de lujo, es el elevador para automóviles que llega directo a cada uno de sus apartamentos. Las propiedades de la torre Porsche se cotizan entre cinco y cuarenta millones de dólares y se venden como pan caliente en el momento en que escribo estas líneas. El precio incluye la opción de un automóvil deportivo puesto en casa. No puedo pensar en un tributo más grande al calentamiento global: una nevera de cristal de cincuenta pisos, equipada con ascensores para automóviles, erguida frente al mismísimo mar que se la va a engullir.

*

Los libros me trajeron a Miami. Es decir, el comercio de libros. O más bien, la especulación sobre el comercio de libros. Vine en la época de los punto com, a montar una librería virtual, un "Amazon latinoamericano". La historia es muy miamense: crecimiento explosivo. Operaciones en siete países. Rondas de inversión, y entonces, cuando todo comenzaba a ser demasiado bueno para ser cierto, el martillazo de la realidad en forma de quiebra. Quebrado o no, a Miami me trajeron los libros.

*

Miami ha desaparecido dos veces. La primera en 1926, cuando el huracán de Miami se la llevó entera. La segunda en 1992, cuando el huracán Andrew borró todo vestigio de civilización al sur de la US1. Quizás por eso ignoramos la gran inundación. Somos una ciudad acostumbrada a morir.

*

La librería Cervantes fue la primera en desaparecer. Era un edificio sin ventanas al principio de Calle Ocho. Estaba protegida por una verja azul. Se entraba por la puerta trasera, como en una licorería de provincia. Tenían el catálogo de Austral casi completo.

70

Recuerdo a un librero gordo y barbudo ordenando los estantes. La Cervantes se esfumó de un día a otro, sin los remates que suelen preceder las clausuras de las librerías.

La siguiente fue la librería Universal, también en Calle Ocho; un edificio de concreto en el estacionamiento de un Home Depot, que le pertenecía al grupo editorial que tanto ha hecho por los escritores de la diáspora cubana. Recuerdo haber comprado allí varios volúmenes de la Biblioteca Ayacucho y haberme escandalizado al no encontrar nada de Piñera, a quién estaba descubriendo aquellos años. Ahora es un banco, o algo por el estilo. Puestos a ver, siempre pareció una librería metida en un banco.

La Moderna poesía, trasplantada de La Habana a Calle Ocho, y luego a un centro comercial de automóviles en Blue Lagoon. Allí compré algunas joyas, de las que iban rematando en la medida en que se acercaban a la muerte. Fue la mejor librería en español que he conocido en Miami. La atendían unas señoras que estaban más interesadas por una vitrina con estampas de santos y postales de La Habana que en los libros. En la parte trasera, un viejo huraño catalogaba torres de libros y sacaba cuentas. Supongo que restaba.

Los Libros del Downtown, una librería quiosco con ediciones baratas de clásicos que resucita todos los años en una carpa de la Feria del Libro. La dueña me dijo que mantenían el inventario en un galpón en el Pequeño Haití.

Creo que queda una sola librería activa en español en la ciudad: Libros y periódicos, en Flagler, al lado del Chino Tropical. Carísima; obscenamente cara, pero con novedades para lectores desesperados.

He visto las librerías en español morir de a poco en Miami. Me he preparado para su extinción como hacen los loquitos que construyen refugios subterráneos para protegerse del apocalipsis nuclear: acumulando libros, como si se tratara de latas de atún y garrafas de agua.

*

Vivo en Surfside, un vecindario al norte de Miami Beach. Le pregunto al Alcalde por qué cerraron la biblioteca. En lugar de responderme, me dice que en el centro comunitario hay montones de lectores de libros electrónicos y que dispusieron responsablemente de los libros: la colección de judaica se la donaron a una universidad y nos ofrecieron a los vecinos la opción de quedarnos con los libros que quisiéramos. Le digo que nunca me enteré de la repartición. Me recrimina: "eso le pasa por no leer la gaceta del pueblo".

*

Dos extremos de la ignorancia: el de los pueblos que queman los libros y el de los pueblos que los olvidan.

*

Dicen que la gran inundación será lenta, que no vendrá en forma de tsunami, sino que el agua brotará del suelo, en un proceso que tomará años. El primer signo será la muerte de los árboles, ahogados por el agua salada del subsuelo. Los cangrejos rumiarán en los jardines secos y los niños recogerán pececitos en la calle con coladores de cocina. Una pantalla de agua sucia cubrirá las carreteras y medusas azules se enredarán en los parachoques de los carros. Pasarán meses, y cuando nos acostumbremos a andar con botas y saltar charcos, colapsará el sistema eléctrico. Ese será el punto de 'no retorno'. Nos evacuarán de emergencia, forzándonos a dejarlo todo en nuestras casas. La mía se inundará por la cocina después de una tormenta. Mis libros se caerán por grupos e irán cediendo su espacio a iguanas, ranas y polillas, que vivirán sus vidas animales, hartándose de papel y tinta vieja.

*

Hay pocas bibliotecas públicas en Miami. La mejor es la del centro, una biblioteca comparable a la de cualquier ciudad mediana estadounidense. En una visita cogí al azar una antología de cuentistas cubanos en Miami y di con un cuento desconcertante. Según el resumen biográfico, el autor se había esfumado y al momento de la impresión, nadie conocía su paradero. El cuento era precisamente sobre un indigente que se refugiaba en la biblioteca del centro, se quedaba dormido y se despertaba en el futuro, pero en un futuro donde nada había cambiado, excepto la tecnología. Los carros volaban, y la policía llevaba unas complicadas armas eléctricas, pero los vagabundos se seguían reuniendo en las mismas esquinas y los idiotas seguían haciendo sus idioteces. El cuento lo leí hace quince años, recién llegado a la ciudad. Los carros no vuelan todavía, pero los vagabundos se siguen reuniendo en las mismas esquinas. A veces creo que el autor de ese cuento es uno de ellos.

*

Los dequeístas abundan en Miami. Una vez tuve que escribirle un discurso a uno que, además, era un gerente importantísimo. Recuerdo que antes de que leyera el discurso, tuve el coraje de explicarle lo que era un dequeísmo. Le recomendé que lo más elegante, dado el carácter crónico de su dolencia, era eliminar los "de" antes de los "que"; que si bien no era el uso apropiado, por lo menos sonaba mejor. No me despidió ese día, pero leí en su mirada el deseo compulsivo de hacerlo.

*

La biblioteca de Miami Beach es uno de los sitios más agradables de la ciudad. Es un edificio relativamente nuevo, al lado del Bass Museum, y de una escuela de danza; frente a una plaza amplia con árboles enormes. Entre mis memorias más entrañables están las visitas que hacía con mi hija a la sección infantil, los días del invierno miamense; fresco, iluminado, abierto. Antes de entrar nos parábamos a ver el ensayo de las niñas bailarinas. Lo primero que hacía en la biblioteca era asomar en la sección de libros en español y armarme rápidamente de lectura. Luego subíamos a la sección infantil en el segundo piso. Allí me sentaba al lado de una ventana, en un sitio donde podía ver a mi hija y leer a la vez. Llevo años sin volver, pero me tranquiliza saber que sigue allí.

*

Creo que Borges dijo que ordenar la biblioteca es una forma de ejercer el arte de la crítica (si no fue Borges, debió haberlo sido). Yo organizo mis libros por orden alfabético, de modo que en mi caso hay poco de crítica en el ejercicio. Hay dos cosas que siempre me pasan cuando ordeno mi biblioteca. La primera es que me lleno de calma, como si estuviera meditando. La segunda es el tremendo susto que me da el estrépito de los libros cuando, irremediablemente, se me caen al piso.

*

Caminar de noche en la playa. Descubrir otros caminantes, solitarios, esquivos, caminadores de perros, vagabundos, hombres y mujeres que aprecian la belleza de la noche.

*

Miami morirá joven. No creo que su historia supere los dos siglos, si contamos desde su incorporación como ciudad en 1896. Pero qué intensidad de siglos: hoteles fantásticos, los centros comerciales más grandes del mundo, autopistas pulidas y elevadas, el desenfreno de South Beach, el dulce hogar de *Scarface*, cientos de dictadores correteando jóvenes en sus playas, docenas de hidroaviones estrellados en sus canales, toneladas de ropa de todas las marcas rematadas todos los días de sus doscientos años; zapatos para Imelda Marcos, zapatos para tu tía en Caracas, tres mil niños bailando semidesnudos en la playa todas las primaveras; dólares lavados, requisados, vueltos a lavar, enterrados en los jardines, quemados para encender habanos en prostíbulos, arrugados por los yonquis de Biscayne boulevard; océanos de merengadas de vitaminas de colores primarios; hermosas asistentes conduciendo Maseratis; los últimos televisores con los últimos sistemas de bocinas; billetes falsos de todos los países sobre las cajas de sus restaurantes; matar a Fidel, matar al Che, liberar naciones, financiar dictadores, apresarlos; espiar un continente desde un edificio en Downtown; la celda de Noriega, la mansión de Pérez Jiménez, las siestas de Al Capone, los dólares de la primera transacción del pequeño negocio enmarcados como un talismán; operaciones a corazón abierto, nuevas curas contra el cáncer, prótesis de pecho en cómodas cuotas, la crisis de las hipotecas, la burbuja de las punto com, el último juego de fútbol de Bob Marley; el día en que Amelia

75

Earhard despegó de un aeropuerto en Hialeah y más nunca se supo de ella; la playa segregada que ahora es playa nudista; el mercado de pulgas, el barrio haitiano, la ciudad cubana, la ciudad judía, la ciudad de los pederastas debajo del puente, westonzuela y las arepas más grandes del mundo; el bufete chino con sushi ilimitado; la moda de las brochetas; los rusos y sus tatuajes; el tenista y los almacenes; han cerrado el bar de las strippers; han abierto el bar de las strippers; dicen que el niño de flipper es un huele—pega ; los excesos de Art Basel, la obscenidad de Art Basel, la muerte del arte en Art Basel; los aviones privados y los yates; las casas con yates más grandes que las casas; los aromas de bosque de Coconut Grove; la playa donde anduvo Reinaldo Arenas; los autobuses más lentos del mundo; los dequeístas de la radio matinal y sus opiniones peregrinas; el periodista empeñado en "romper" noticias; el niño de Kendall Toyota; ¿quién es el dueño de Kendall Toyota?; la playa de noche, caminar por la playa de noche; tantos sueños, tantas pesadillas maceradas en su vapor eterno. Amplia, llana, sudada, siempre sudada, como una estrella de rock en el olvido, envejecida, que una noche cualquiera se encierra en la habitación de un motel, se baja un frasco de pastillas, recuerda su mejor concierto, aquella canción hermosísima, y se ahoga en su propia flema.

*

Meses después de la gran inundación, los residuos de mis libros se acumularán en una grieta del baño. Saldrán de a poco por la ventanilla, formando una enorme bola discolora que flotará entre los techos de las casas hacia las torres de la playa. Será una esfera de papel casi perfecta, formada milagrosamente por fuerzas físicas imponderables, que navegará hasta el mar abierto, soplada por el viento. No será una bola hermosa, porque nadie la verá, cuando por fin cumpla con su destino inevitable; el destino inevitable de todas las cosas.

En Miami también hay muerte

Anjanette Delgado

"Es este mundo Barbie post-apocalíptico: todo es rosado y hay palmeras dondequiera".

Grimes, cantautora

1.

Me gustan los días grises y mojados. Imagino que esos días en los que el agua no para de caer son en realidad poetas ancianos a quienes no se les ha olvidado ser románticos. Casi puedo verlos caminando por las aceras mojadas de la ciudad con los bolsillos de sus viejas gabardinas repletos de misterios y posibilidades. Creo que por eso me gustan. Porque evocan en mí los momentos en la vida en los que no tienes nada y te atreves a todo y porque me demuestran, sin lugar a la más ínfima duda, que soy una cabrona masoquista. Si no fuera así, ¿por qué coño viviría en Miami?

Aquí, donde hasta el viento tiene calor y no camina ni de aquí a la esquina. (Si nadie más lo hace, ¿por qué tendría que hacerlo él?) Aquí, donde mi pelo fino y rizado siempre parece una esponja de mar que fornicó prolongadamente con una gigantesca alga marina y donde mi negrura, por lo regular tímida, se asoma por todas partes tan pronto llego a un lugar sin aire acondicionado.

Desde que vivimos aquí, ella y yo hemos aprendido a temerle al sol que nos hará viejas, nos dará cáncer y para añadir insulto a penuria, no nos proveerá la vitamina D suficiente para mantenernos más o menos saludables según los que saben de esas cosas. Por eso desde que vivo en Miami, evito salir. Vivo en mi casita con mi marido, mis perros y mis libros siempre en una penumbra que se me hace llena de vida, acogedora y hasta apasionada, escribiendo locuras y protegiéndome del calor como otros se protegen del frío. ¿Qué te puedo decir? En mi linda casita, no hay lugar para el sol.

2.

Si eres alguien que sabe algo sobre mí, este es el momento en el que harás una pausa en tu lectura para decir, "¿y tus hijas? Me parece que tienes dos y no las has mencionado. ¿Se te olvidaron tus hijas?".

Jamás me olvido de mis hijas. Ni cuando vivo ni cuando duermo, ni cuando escribo, ni cuando leo. Ni cuando río, ni cuando sufro y mucho menos cuando rujo.

Jamás. Ni después que ambas se fueron de la casa con la mayoría de edad. Ni siquiera cuando la mayor se casó con el novio "pan de Dios" con el que llevaba viviendo sus últimos tres años de universidad, ni cuando la "pequeña" se hizo novia de un chef con cara de psicópata abusador que me recordaba al sádico-hijo-de-puta-misógino-abusador que me engendró.

Jamás me olvido de mis hijas. Hace 28 años que no duermo realmente. Actúo cómo que sí, pero no. Cuando han pasado tres días sin saber algo de ellas, les envío mensajes de texto como quien no quiere la cosa, con aires de madre moderna, evolucionada, progresista y despreocupada que pensó en ellas por casualidad:

Hey, All good? Call when you feel like it. I love you. Mom. :)

A veces me contestan que también me aman. A veces me devuelven el emoji de la carita feliz. A veces llaman o visitan y otras me ignoran y desde donde esté las puedo imaginar viroteando los ojos y diciendo, "Es mi mamá. La llamo después".

Mientras tanto yo sigo viviendo, imaginando que son felices haciendo sus vidas sin el problema de una madre que las vigile, las juzgue y las fastidie. Que pueden ser ellas, con sus debilidades o talentos sin la necesidad de esconderse de mí.

Bueno, al menos así era yo antes de que mi balance de sol y luto se fuera al carajo. Antes de que Miami me lo achicharrara como a alcapurria que alguien olvidó en la sartén hace tres días. Y es que antes, eran los demás los que se morían. Había perdido a conocidos, amigos de la niñez, a ex novios a los que quise mucho alguna vez, mucho antes de que murieran y cuyas presencias en este mundo todavía extraño, a figuras célebres que admiré y hasta a una abuela a la que quería, pero a la que veía muy poco porque padecía de esquizofrenia.

Pero había llegado a tener más de cuarenta años y todavía nada había penetrado mi DNA de la invencibilidad. Todavía eran otros los que sufrían mientras yo sentía tristeza que podía hacer a un lado tan pronto se me hacía demasiado incómoda, presente o real. A pesar de los años, así era, te lo juro y puedes creerme porque he cerrado los ojos para asegurarme de estarte diciendo la verdad y mi memoria ha alzado la mano, constatándolo todo, precaución necesaria porque las verdades duelen y es en esos momentos que se convierten en mentiras si no las vigilas. ¿Por qué crees que prefiero escribir ficción?

3.

Antes de que vayas a defender a Miami—porque desde que vivimos en la era de Facebook, a todos nos ha dado por defender, protestar, despotricar, satirizar y comentar nuestras causas y molestias sociales—te aclaro que no la estoy criticando, solo la observo. Y es quizás ese observar durante más de veinte años lo que me llevó a descubrir la muy comprobada y muy estrecha conexión entre el verano perenne y la muerte. Y no es que lo diga yo. Es que lo dice gente mucho más lista y más versada en el tema.

Por ejemplo: el epidemiólogo Francis Stephen Bridges, quien entre el 1971 y el año 2000, estudió las tasas de suicidio y homicidio en más de nueve países y concluyó que estas suben consistentemente durante los meses de verano y primavera y bajan durante el invierno y el otoño. ¿Cuál es la diferencia entre estas temporadas? El cabrón sol. El desgraciado calor.

Los hallazgos de Bridges y los de muchos otros investigadores ya han sido confirmados por los Centros para el Control y la Prevención de las Enfermedades (CDC por sus siglas en inglés) y por el Centro Nacional para Estadísticas de Salud de Estados Unidos. Claro, que hay quienes refutan todo esto. El sociólogo francés Émile Durkheim es uno de ellos. Pero es que ya te dije.

Estamos en la era de Facebook y Dios libre que alguien se guarde una teoría u opinión.

Por mi parte, estoy convencida. ¿Cómo puede ser normal vivir en un lugar en el que el sol y el calor sin tregua declaran una alegría constante, automática y automatizada? ¿Cómo puede ser bueno que tu ciudad sea una mentira bonita enmascarando tanta nostalgia, tanta pérdida y tanta muerte, haciendo que sientas tu vacío todavía más cuanto más contrasta con la postal soleada en la que tienes la desgracia de vivir.

Tienes razón. Quizás sí la estoy criticando.

4.

Ocurrió un jueves. Un jueves de agosto poco original con lo cual quiero decir que era soleado.

En el trabajo, había sido un buen día. Digo que fue bueno porque recuerdo que no hubo necesidad de decirle la verdad honesta y sin eufemismos corporativos a persona alguna y que nadie fue a quejarse a recursos humanos de que los miré mal o de que no los miré, o de que sí los miré, pero no por el tiempo necesario para que se sintieran mirados.

A las siete de la noche salí rumbo a mi casita carretera abajo. ¿Qué carretera? Pues la del Palmetto como le llamamos nosotros aquí en Miami a esa autopista que padece de más problemas de identidad que una súper modelo, siempre haciéndose un retoquito o añadiéndose un carril, sin saber jamás para adónde va o de dónde viene.

"Mom, please... please call me. I really need you now."

Era ella, Vanessa, mi hija mayor, su voz llenando el espacio interior de mi auto tan pronto mi teléfono se conectó con el sistema de *Bluetooth*. Escuché nuevamente su mensaje. Su voz no se había quebrado al hablar, pero se escuchaba tirante, como si ella hubiese tenido que formar cada palabra usando solo el viento de su aliento y nada más, como si supiera que hasta la vibración que pudiesen crear sus dientes, labios o lengua podría destruir lo que intentaba decir antes de que saliera de su boca. Como si luchara por su vida en medidas de a segundo.

La llamé de inmediato a pesar de que conducía y el sol me cegaba. Contestó antes de que yo pudiera decir palabra, diciéndome que su esposo desde hacía seis meses, su marido de casi cuatro años, había muerto. Bueno, no lo dijo así exactamente. Lo que me dijo fue que Toby había *"passed away"*. Que había fallecido.

¿Cómo que fallecido si tenía 26 años? Como soy puertorriqueña, imaginé balas perdidas, cuartos de dinamita mal disparados, un surreal accidente de auto, un asalto a mano armada, que se había subido al avión de un piloto loco, que alguien había obligado a Winnie the Pooh a ponerse pantalones y este había respondido echándose una ametralladora al hombro y visitando el lugar en el que él trabajaba, lo cual tenía cierto sentido porque Toby trabajaba en una funeraria.

Pensé en los talibanes, en la policía, en el gobierno, en la palanca del director argentino Eliseo Subiela en *El lado oscuro del corazón* con la que el protagonista despachaba a toda mujer que no pudiera volar. Pero eso no podía ser. Toby volaba como poca gente que yo había conocido. Era un joven reservado, más no callado. Compartía, sonreía, le gustaba el café con leche y no le daba pena pedir que le dieran más de lo que fuera que hubiera para comer.

A veces, cuando mi hija insistía en debatir la visión política, histórica o filosófica más opuesta a la mía por el simple placer de discutir, él salía de su silencio para menear la cabeza de lado a lado antes de decirme, "*Anja, don't engage her. No matter what she says, just nod and smile. Trust me. I do it all the time and it works*". Me contaba esta estrategia suya de dejarla hablar hasta que se cansaba con un sonrisa conspiradora. Como diciéndome que él era mi aliado en esto de cuidarla y comprenderla, pero que a veces tendríamos que ser fuertes e ignorarla aunque nos doliera.

Yo siempre le contestaba que tenía toda la razón, que cómo no me había acordado de su consejo antes. Acto seguido, ambos permanecíamos en silencio, a lo cual Vanessa respondía repitiendo sus argumentos en voz más alta, pero sonriendo como si le agradara vernos unidos en su contra, su víctima en el debate de turno (yo) rescatada por uno que la conocía tal y como era y aún así vivía para rescatarla de ella misma (él).

5.

Pero ese jueves, mi hija no debatía. Ni siquiera hablaba. No lograba articular lo que había pasado, por lo que tardé horas en entender los datos más sencillos de lo que había ocurrido. Y como no quiero poner palabras en su boca, te lo voy a contar como me lo contaron a mí, un poco ella, un poco su jefe John, quien corrió a su lado cuando ella no consiguió a su madre a tiempo y tuvo que conformarse con escucharse dejar un mensaje en una contestadora, un poco la policía, un poco los vecinos.

Imaginemos entonces que era yo una detective haciendo una investigación de qué carajos había pasado. Mi reporte policial inicial habría sido así:

Fecha: 29 de agosto del año 2013.
Lugar: Miami
Clima: Soleado (*Of course*)
Víctima: Toby Raynuck (He cambiado cuatro letras de su nombre para proteger no sé a quién)
Edad: 26 años
Nacionalidad: americano, nacido y criado en Miami (y ya te he dicho por qué creo que quizás en esto último esté la raíz del problema)
Estado Civil: recién casado
Esposa: mi hija
Religión: ateo
Biblia: War and Peace de Leo Tolstoy
Ocupación: embalsamador Jr. aspirante a director funeral (y no, no creo que ahí esté la cosa. Ya te explicaré por qué)
Ocupación Secundaria: experto jugador de video juegos de supervivencia
Ocupación Terciaria: bailarín ocasional de electro-música
Familia: madre divorciada, padre vuelto a casar, abuela de 93 años, gata vieja llamada Forklift y mi hija
Situación económica: la de todas las parejas con dos salarios y sin hijos de Miami. O sea, jodidos aunque mami y papi ayuden por aquí y por allá.
Defecto principal: la paciencia excesiva
Mejor atributo: la generosidad
Único sospechoso de su muerte: Toby Raynuck

Bueno, perdón, miento. No siempre fue el único sospechoso. La primera sospechosa, la primera acusada, fue mi hija.

Aparentemente—y digo aparentemente porque esto lo compuse con los poquitos que se dignaron a darme los que ya te mencioné—ellos, mi hija y Toby, habían tenido libre el día anterior y habían pasado un día hermoso descansando y disfrutando de la domesticidad de su cajita de madera llena de monumentos a la identidad de "*millenials*" de ambos.

Una oda al futuro construida con esfuerzo era esta cajita de cartón y *drywall* que yo visitaba muy poco porque tenían gatos y yo le temo a los gatos, y también porque él tenía madre y su madre, que visitaba a menudo, me sacaba de quicio.

Era uno de esos *townhomes* de dos pisos en una fila de otros *townhome*s, todos iguales y todos con el cuadrado de la puerta del garaje como lo primero que te saludaba al llegar, como si la urbanización quisiera que fuera obvio que se trataba de una versión moderna de las urbanizaciones en las que la gente intentó "*keep up with the joneses*" en los 50's y en los 60's. Para visitar a mi hija, primero veías el garaje, luego un pequeño portón que se habría a un caminito o laberinto, a un lado estaba la puerta del garaje de mi hija y Toby, y al otro lado la pared del garaje del vecino. De ahí, un pequeño espacio verde, también cuadrado, y la puerta de entrada a la casa, una casa en la que vivían dos niños inteligentes unidos por la promesa de hacer de este asunto de ser adultos algo mucho mejor y más sensato que lo que habían hecho sus padres y los padres de sus padres.

En todos los rincones, homenajes a las preferencias de cada uno: el rincón de los video juegos de él, el clóset de los zapatos de ella, el diván de los animales de ambos: cuatro gatos, dos perros y una tortuga. A veces no tenían para la gasolina, pero secretamente enviaban al menos cinco dólares a la filarmónica de Miami y tres a la estación pública de radio WLRN, porque querían ser el tipo de gente que apoya la música y el pensamiento informado.

Allí en la cajita pasaron el último miércoles que pasarían juntos jamás. (Chico, qué jodida y qué final es la cabrona muerte, ¿no? Su crueldad no tiene fin ni fondo). Al día siguiente, sería jueves. Él tenía que hacerse unos análisis de rutina por el Chron's Disease que padecía desde niño. Ella se iría a trabajar, pero antes, discutieron. Creo, según me dijo luego ella misma, que la basura tuvo algo que ver. Creo que fue Toby el que no la sacó. O el que no hizo algo que era parte del convenio entre ambos de que iban a construir esa cajita y que los dos iban a esforzarse en mantenerla y mi hija estaba muy clara en que ella tendría que ser muy firme con ciertas cosas si iba a evitar que terminaran como otros, resentidos, y llenos de pelea y de razones.

Así que para no pelear después, peleó entonces y luego se fue a trabajar porque como dice mi amiga Avril, el hubiera no existe.

Por ese mismo hubiera que no existe, en algún momento de aquella mañana, Toby decidió que no quería hacerse los exámenes. Que el Chron's acabaría con su vida. Que mi hija estaría mejor con un hombre que sacara la basura, que mejor no ir a una luna de miel que lo haría cambiar de idea, que la tierra es un lugar muy oscuro y que vivir pesa como la miel cuando se enfría y lo piensa hasta para dejarse caer de la cuchara.

Entonces, se vistió, subió al auto que recién le había regalado su papá y condujo a Wendy's donde pasó por el *Drive-Thru* y ordenó su última cena: una hamburguesa con queso y *bacon* y todo el resto de la mierda que le ponen, un refresco y unas papitas tamaño extra grande. Luego se estacionó allí mismo a comerse su combo de muerte. ¿Qué pudo haberlo detenido? ¿En qué pudo haber pensado para cambiar de idea? En nada. Porque el hubiera no existe.

Luego condujo de regreso a la casa que compartían y buscó dos cosas: un pedazo de manguera y unos calmantes, tomándose como veinte de estos últimos, lo cual me consuela aunque te parezca extraño, este asunto de la manguera y los calmantes, porque significa, sin lugar a dudas, que Toby planificó matarse y que no lo decidió en un día ni en dos. Tuvo tiempo para decidir y para cambiar de idea y no lo hizo.

En vez, tan pronto se tomó los calmantes con la ayuda del refresco *super sieze* que se había comprado, salió al garaje con la manguera y cerró la puerta antes de colocar la manguera de manera que el gas letal pudiera invadir el auto adecuadamente. Subió al auto. Se recostó en el asiento. No pensó en nada. Las pastillas y la llenura de la comida le hicieron sentir sueño. No pensó en nadie. Tenía mucho sueño de pronto y sintió alivio de que nada importara ya. Medio se acordó de que tenía madre y mujer. Decidió enviar un par de textos aunque ya casi no tenía fuerzas. Hacía calor. A las 11:30 de la mañana de aquel jueves, encendió el auto.

6.

Mientras tanto, mi hija llamaba y llamaba a su casa. Quería disculparse por haber perdido la paciencia en la mañana pero Toby no respondía. A la una y media de la tarde pudo tomar su hora de almuerzo y conducir los diez minutos que tomaba llegar a su casa. El carro de Toby no estaba afuera, pero la puerta de entrada no tenía puesto el cerrojo. El teléfono celular de su marido estaba sobre el mostrador de la cocina. Miró a su alrededor y llamó su nombre, imaginándolo acostado, durmiendo una siesta. Los gatos la ignoraban como de costumbre, pero los perros la miraban atentos, siguiendo cada uno de sus movimientos, ansiosos, esperando.

Entonces lo oyó: el sonido de un auto encendido pero detenido, como esperando por ella. El sonido de un auto que reconoció de inmediato.

7.

Que corrió al garaje. Que pudo abrir la puerta pero no llegar al auto y entonces corrió despavorida a buscar a unos trabajadores de construcción que trabajaban en otra casa para que la ayudaran a mover los obstáculos que Toby había colocado. Que llamó al 911 y que cuando llegó la policía, la obligaron a darle respiración boca a boca a su esposo muerto aunque habían pasado horas y ellos sabían que estaba muerto como también lo sabía ella. Que le hicieron un millón de preguntas, no sé si antes o después de que la madre de Toby llegara y la acusara a gritos de la muerte de su hijo.

No llegó por casualidad. Llegó porque antes de encender el auto, Toby le había enviado un texto pidiéndole que viniera a la casa a la una de la tarde, o sea, a la hora en la que sabía que ya estaría muerto. A mi hija también le había enviado un texto sin palabras: un corazón que supongo debería consolarme porque demuestra que no fue su intención que mi hija fuera la que lo encontrara sin vida.

Pero su mamá había estado durmiendo una siesta y no vio el texto hasta después... después que mi hija se había dejado caer en la primera silla que vio en aquella, la que hasta ese día sería su casa, que junto a Toby había trabajado largas horas para pagarla, amueblarla, limpiarla y llenarla de luz y de aire y de agua. Después que la pobre había intentado llamar a su madre y de que yo no le respondiera por estar siempre trabajando, ocupándome de los niños grandes de otros y de sus bolsillos. Después de que la policía de Miami le permitiera tomar agua e ir al baño, después de que su jefe llegara para protegerla— ¡gracias, John!— después de que vinieron y se llevaron el cuerpo de Toby a la morgue para la autopsia... después.

Después, pero el caso es que llegó y en su borrachera de dolor gritó lo que siempre había pensado: que mi hija se las había arreglado para que su niño se enamorara de ella y cambiara de ser un niño perfecto y sin grandes ambiciones a ser un hombre adulto y ansioso que quería ser mejor de lo que jamás, a juicio de él mismo, había logrado ser. No lo dijo así, claro. Como tampoco dijo que ella siempre supo que su niño no lograría crecer. Que había tenido sus razones para mantenerlo niño. Que ella sabía que el peso de la vida sería demasiado para él. Pero no lo dijo así. En vez de eso, dijo, "tú lo mataste".

Mucho después, meses, de hecho, cuando la madre de Toby continuaba enviando textos, a veces meramente amenazantes, otras, dignos de una loca de manicomio—y tan o más violentos que el desaforo más falto de control que alguna vez sufriera mi abuelita Monse con su esquizofrenia—mi hija decidió que ya bastaba y se dispuso a contratar a un abogado que la ayudara a obtener una orden de restricción. Ese día tuve que decirle la verdad a riesgo de ser desleal.

"Piensa, Vanessa. Era su único hijo. Tú te volverás a enamorar. No muevas la cabeza. Así será con el tiempo. Pero a ella ya nadie la va a llamar mamá. Tienes que pensar en eso. Ignórala y dile que me llame a mí y yo le diré dos o tres cosas, pero no le causes un dolor. Ella ya tiene bastante".

A partir de entonces, la madre de Toby me llamaba por teléfono, siempre reservándome para esas ocasiones en las que había tenido un día particularmente malo. Pero, ¿qué digo? Si la pobre nunca volvió a tener un día bueno.

Han pasado más de dos años. Como todo tiene un límite, he comenzado a responderle con mensajes de texto. Cuando le respondo.

8.

Cuando se habían llevado el cuerpo de mi yerno, y la madre se fue y la policía también se fue, y los vecinos volvieron a sus casas, Vanessa le pidió a su jefe que la trajera a mi casa, en dónde ella me había pedido que la esperara, de seguro para evitar que yo (que no soy nada conflictiva) tratara de defenderla de la madre de Toby.

¿Hay algo peor que ver llegar a un hijo derrotado? La muchacha que llegó a mi casa aquella noche tenía su misma edad, 25 años. Traía el cuerpo de mi hija, su rostro y hasta su pelo, pero no su voz. Llegó con sus dos perros.

A los gatos los fue a buscar mi hija menor y se los llevó para su apartamento y la tortuga se quedó allí, en aquella que había sido su casa, junto con el fantasma de su marido. Llegó con su bolso negro y su ropa negra y su vida que tan súbitamente se había vuelto negra y se durmió sin llorar.

9.

No recuerdo mucho de aquellos días, excepto que al día siguiente fue viernes y comenzaba el fin de semana de *Labor Day*. Ah, y que hacía sol y mucho calor. Para variar.

Me enteré que la semana que seguía se hubiesen ido de luna de miel en un crucero que ya estaba pago y para el cual tenían hasta seguro. Excepto que el seguro te devolvía el dinero si te enfermabas, si te retrasabas, si tenías que cancelar por razones de trabajo, si venía un huracán y te ahogaba y también si venía un tornado y salías disparado. Solo una cosa te pedía el dichoso seguro: que no te suicidaras. Si tú mismo, como buen anormal, causabas la tragedia que el resto de la humanidad se pasa la vida entera intentando evitar, pues, decía el seguro, estabas muy jodido. O más bien estaban jodidos los que dejaras atrás que quedarían sin dinero, sin marido y sin luna de miel. Esperando para hablar con la supervisora de la representante de servicio del cabrón seguro, me pregunté una y otra vez, ¿Cómo era posible que Toby hubiese hecho algo así justo antes de un viaje por el cual los dos habían trabajado tanto? ¿No se había dado cuenta de la crueldad que supondría? No, claro que no, pensé, cada pensamiento encojonándome más que el anterior. Si no le había importado matarse siendo el único nieto de una viejita de 93 años que veía por sus ojos y podría morirse del dolor, ¿por qué iba a importarle una chica de 25 que le jodía la vida para que botara la basura?

"I'm sorry for the wait. My supervisor is attending to an urgent matter and may take a few more minutes. Do you care to continue waiting?"

Levanté la vista hacia el sofá en el que mi hija estaba sentada tratando de organizar los papeles que le había traído yo de su casa para que pudiera hacer trámites como cerrar cuentas de cheque, entregar el auto que había servido de escenario para un suicidio y explicarle al gobierno por qué Toby no iba a poder pagar su préstamo estudiantil. Lucía como una persona a la que le acaban de disparar en el pecho de forma sorpresiva.

"Ma'am? Do you care to continue waiting? It should just take a few more minutes."

Decidí que no. *I didn't care to continue waiting*, así que colgué. Toby estaba muerto y aunque yo lo había querido mucho, estaba muerto porque le había dado la gana. Él no era mi hijo. Mi hija estaba aquí, más o menos viva, y me necesitaba.

10.

To-Do list para la madre de una viuda joven:

    a.   Contratar a alguien que ponga todo en cajas y entregar el townhome al casero.

    (Contarle la razón por la cual puede quedarse con el depósito.)

    b.   Esconder todos los cuchillos y todas las tijeras que hay en la casa, por si acaso.

    c.   Sacar mis cosas y las de Daniel de nuestro único cuarto. Dárselo a Vanessa para que tenga una puerta que cerrar y un lugar para llorar en paz.

 d. Comprar comida para perros. Los de ella y la mía.

 (Quizás comprar también pañales de perro. Theybe, el más pequeño, se orina en mis alfombras sin ofrecer la menor señal de remordimiento cuando lo regaño).

 e. Llamar al Detective Ramos y preguntarle si ha habido determinación en el caso #1—0009876.

Cuando llamé, el detective me dijo que se determinó que durante las horas en la que el occiso pudo morir, mi hija estaba en el trabajo con una docena de testigos. No le digo que además de los testigos de cuerpo presente, estarían los telefónicos pues Vanessa trabajaba en un servicio de llamadas para médicos y se pasaba las horas hablando con gente que, además de enferma, estaba encabronada porque en vez del médico al que le pagaban, les contestaba mi hija, que había estudiado sociología y no tenía la más puta idea de cómo hacer que dejara de dolerles lo que les dolía.

 f. Llevar a Vanessa a la funeraria en la que Toby trabajaba para que arregle el asunto de la cremación y del velorio, si es que quiere tenerlo.

Todo el camino hace sol y sólo puedo pensar que en este sol, nadie debería tener que conducir a una funeraria. Imagino que los llevo a ambos al puerto de Miami para que se vayan en su crucero. La ilusión no dura. No extraño la voz de Toby en el auto porque pocas veces lo lleve a alguna parte. Pero extraño la de mi hija, hablando sin parar siempre que él estaba.

g.   Esperar en la recepción mientras ella pasa tiempo con el cuerpo, diciendo adiós.

Michael, el compañero de morgue de Toby le pregunta si quiere que la deje sola con él. Le dice que no es algo que se le permite a todo el mundo, pero que Toby era su amigo, que lo admiraba y que le constaba que la quería mucho. Le dice que ha pedido ayuda con el cuerpo porque no cree que puede prepararlo sin derrumbarse. Le dice que no entiende nada.

Afuera, en la recepción, la gente que trabaja en la funeraria (el director, la recepcionista, el contable, la que limpia) viene una a una a darme el pésame, a decirme cuanto querían a mi yerno, lo talentoso que era en su trabajo. Yo quisiera no estar allí. ¿No saben que si estuviera vivo lo volvería a matar? O quizás no. Si estuviera vivo, lo abrazaría y le rogaría que no le hiciera esto a esa niña que seguro no deja de llorar en esa nevera fría en la que intenta decirle adiós.

h.   Escoger una urna para las cenizas.

El director funeral me dice que ellos correrán con los gastos de la preparación del cuerpo. Solo me toca pagar la cremación, la urna para las cenizas, las flores, si las quiero, y el velorio. ¿Si las quiero? Pero si yo no quiero nada de esto. Yo no lo pedí. ¿Dónde coño están los padres de este niño ahora? ¿Y yo qué hago aquí? Si a mí nunca se me muere nadie.

i.   Llenar papeles para el certificado de defunción. (Recordar ir luego a buscar el acta de defunción temporal. La permanente llegará por correo.)

j. Llamar a un *junk yard* para que vengan a llevarse el auto que le regaló su padre y en el que se mató sin pensar en cómo haría eso sentir al que se había pasado la vida, de mil maneras, pidiéndole perdón por haberse divorciado de su madre.

k. Llamar a mi madre y contarle lo que había pasado. Escucharla llorar desconsolada mientras recordamos la boda, seis meses atrás.

Cierro los ojos y pienso, si pudiera volver a ese día... pero no, porque estoy segura de que si el hubiera no existe, el pudiera tampoco debe andar por aquí.

l. Llamar a mi hermana Yadira y pedirle que venga unos días a acompañar a Vanessa.

Daniel y yo nos hemos turnado. También su mejor amiga, mi hija menor y hasta mi asistente, pero ya todos teníamos que volver a trabajar.

11.

Pasaron dos meses y, sin embargo, cuando salía de la casa, todavía era 29 de agosto y hacía sol, mucho sol. Un sol que era como las lámparas en los cuartos de interrogación en los que terroristas institucionalizados interrogan a terroristas más confundidos que ellos.

Ese es el problema. Que en Miami todo es un cabrón *party*. Y yo no logro perdonárselo. Su falta de respeto. Su sonrisa soleada y sus colores de fiesta: rosado, naranja, rojo y amarillo, como si esto fuera siempre una fiesta y Pitbull, el maestro de ceremonias.

97

Te lo he dado todo, ¿y no te importa que mi hija sufre? ¡Llueve aunque sea! Que se me muere de tanta tristeza y yo con ella, mi piel un abrigo mojado y pesado que no logro quitarme porque esto no es una fiesta, carajo.

No es uno de esos funerales en los que la gente hace chistes y te hacen olvidar lo que ha ocurrido por tres minutos tras los cuales te sientes como si te hubieran lanzado del último piso de aquellas torres gemelas, de entre aquel humo tan negro y desolador, y el humo no fuera lo peor, sino que estás solo, solo, solito y aislado de todo lo que hasta ayer amaste.

Y no es solo el sol. Es la música, las mujeres y sus nalgas. ¡Sí! Esas nalgas que se me hicieron impertinentes en aquellos días y no solo por envidia (pues debo ser la única puertorriqueña desnalgada del mundo y es como ser francesa y no tener glamour, o como ser china y tener acné y un bajo IQ), sino porque me parecía que ya que Dios había decidido darles estas grandes nalgas a las mujeres de Miami, lo menos que podían hacer era no ponérmelas en la cara, apretándolas, desafiando la gravedad para ponerlas en primer plano en todo momento. "¡Mírennos! ¡Somos nalgas y somos de Miami, aquí con todos ustedes para comenzar la súper fieeeeeeesta del bíngole, bíngole, bíngole, como podría haber dicho Manuel Ramos Otero. Porque no hay nalgas como estas en el mundo entero. Nalgas grandes, inmigrantes, exuberantes, exhibicionistas y de todo color y forma… así que aquí las tienen, a gozar se ha dicho".

Le cuento todo esto a mi amiga Helga. Le digo que Daniel y yo dormimos ahora en la sala y Vanessa en el cuarto. Que hay tres perros en la casa. Que el trabajo me agobia y que me jode que los gringos colonizadores no se den cuenta de que su mierda no siempre es la mejor mierda ni la que más conviene. Que no hay cosa peor que ricachones que no saben lo que no saben que no saben y a todo le tiran dinero, reuniones y presentaciones en Powerpoint. Que no puedo pensar. Que Vanessa me llama, que despierta gritando y llorando de noche, diciéndome que lo extraña, que lo extraña mucho, que no entiende por qué la dejó. Que le doy vitamina B y que a veces me pide que le compre galletitas Oreo y se las sirva con leche. Que mira los muñequitos antes de dormir pero que hasta en los muñequitos las figuras animadas se suicidan y le recuerdan su horror, aunque ella es muy fuerte y cada día se levanta y cumple y hace todo lo que tiene que hacer y lo que se supone que haga, pero que yo no y que no puedo dejar de llorar cuando ella no me ve: en el camino al trabajo y en el camino de regreso a mi casa, en el baño, en las madrugadas después de hacer el amor con mi marido en el garaje al que ella no entra porque nunca más habrá quien la haga entrar a un garaje.

Helga escucha y le digo que ahora sí que me cae mal Marc Anthony—y no porque haya dejado a la pendeja de Dayanara y se haya casado con Jennifer López—quién sabe más de lo que le enseñaron y trabaja como una mula para ganar, siempre ganar—sino porque su nueva canción me ofende como me ofenden el sol y la ciudad y todo lo que sea voluptuoso y lleno de vida. Que él cantando que va vivir, que va a bailar, alalalalá, y yo diciendo, "Maricón. Tú que también te casas sin saber por qué lo haces. Me cago en ti y me cago en Toby y en todos los sesamentos de la madre que los vuelva a parir a los dos".

Helga lo escucha todo, se alisa el pelo rojo intenso y achica aún más sus ojos achinados. Me dice que tengo que construir un cuarto. Le pregunto que con qué

99

dinero, le digo que la niña no nos molesta, que menos mal que estamos ahí, Daniel y yo, para ayudarla. Me dice que no, que escuche: "tienes que construir un cuarto en tu mente. Cuando lo tengas listo, tienes que meterte ahí a escribir. Lo que pase afuera, no impoooorta", me dice con su manera particular de subrayar ciertas sílabas y sonar como que lo hace para evitar matarte. "Lo tuyo es escribir y escribir y escribir hasta que comiences a sanar".

12.

Así que construí el cuarto mental como si fuera Virginia Wolf (otra cabrona que se suicidó teniendo tanto talento) y la vida siguió. Éramos mi marido y yo y mi hija; sus perros con ella en mi casa, los cuatro gatos en casa de mi hija menor y la tortuga en el santuario para tortugas de Key Biscayne al que la habíamos llevado para que no muriera. Sus cosas y las de Toby en el centro de almacenaje. Su mirada cada vez más perdida.

Yo le buscaba soluciones: *grief counseling*, Reiki y hasta acupuntura (lo que más ayudó), hasta que se me ocurrió un plan. A mi hija le encanta planificar. Era una de las cosas que siempre me había preocupado, como ella tan jovencita había tenido consciencia de estar construyendo una vida con Toby. Como había elaborado las reglas de ese reino, culpable solo de hacer planes organizados y *grown—up* de cuántos hijos tendrían y cuándo sería prudente comprar una casa y quién se quedaría con qué niño cuándo para que el otro estudiara una maestría.

Se me ocurrió ayudarla para que alquilara un apartamento más liberal, más de soltera. Lo encontramos en un edificio localizado entre el Wynwood de los murales famosos y la Pequeña Haití. Le ofrecí limitados recursos y el reto de decorarlo con poco. La distracción funcionó. En poco tiempo era un espacio bohemio y acogedor, con espacio para gatos y perros.

Yo le pregunté que si no era mucha responsabilidad para ella sola tanto animal.

"Mami, ya lo he perdido todo. No tengo nada. Por lo menos los puedo tener a ellos, puedo unir las partes de la familia que tuve".

Yo asentí, sintiendo lástima por Toby por primera vez desde su muerte. Tenía que haber sido un error. Un error del que no había podido substraerse una vez puesto en marcha. Un momento de locura en forma de olvido en el que no pudo recordar todo lo que tenía y que todo lo que él amaba, lo amaba a él también.

Pero la semana que siguió fue la ceremonia de graduación de bachillerato de Vanessa. La habían pospuesto para casarse e irse de luna de miel. Vanessa recibió su diploma, pero decidió no ir a la ceremonia, ni desfilar con toga, y a mí se me olvidó la lástima y añadí una cosa más a la lista de cosas que Toby me había robado.

13.

Pasaron algunos meses. Cuando mi hija se hubo ido a vivir entre haitianos, en un apartamento pintado de amarillo y lleno de IKEA, el cabrón de Toby comienza a aparecérseme por las noches. Su lugar favorito es el clóset del pasillo en el que Daniel guarda su ropa. El muy pendejo no habla. Solo llora.

Toby: *Woooooo…. Ajek, ajek, woooooo….*

Yo: *No llores. Ya no hay nada que hacer y ella no está aquí.*

Toby: *Arrrrghhhh, ajek, ajek, ajek, woo woo... huuuuhuhuuuuu....*

Yo: *Deja de llorar, canto 'e pendejo (pedazo de pendejo dicho en boricua). Después que les ves los huevos es que dices que es macho, ¿ah? Too fucking late. Vete a llorar a donde la madre que te parió.*

Toby deja de llorar, pero no se va. Todavía está aquí, de eso estoy tan segura como de que estoy escribiendo estas palabras ahora.

Yo: *Quédate aquí si quieres, pero estás muy jodido si te crees que te tengo miedo. ¿Tú no sabes que yo escribo novelas en las que invento fantasmas solo para poder cagármeles en la madre? Lo que te tengo es pena. ¿What the fuck happened to you? ¿Cómo pudiste?*

Se lo pregunto por joder porque yo ya sé cómo fue que pudo. Pudo porque pensó que nadie lo quería. La enfermedad de los suicidas es una que no les permite ver ni sentir. No ven soluciones porque se sienten poquitos, pobres, pobrecitos. Tampoco les permite sentir el amor de los que los quieren. Me había enterado que su Chron's Disease se había puesto peor, que no pensaba que viviría hasta la vejez aunque tanta gente vive con cosas mucho peores, que tomaba un nuevo medicamento para la ansiedad, que pensaba que su enfermedad lo haría una carga para una mujer con tantos planes como Vanessa.

102

Recordé algo que me había dicho una vez que le pregunté sobre su trabajo, que si no le daba miedo pasar sus días con muertos.

"No, porque cuando uno se muere, se muere. No hay más allá."

"Y entonces, ¿para qué embalsamarlos, hacer velorios?" le rebatí.

"Para las familias. Todo es para ellos. Cuando preparo un cuerpo, para mí es pura ciencia—biología, química, física, y un poco de teatro—lo que estoy haciendo. Pero también me esfuerzo por las familias. Para que sufran menos, para que imaginen que dicen adiós".

Pensando en sus palabras entendí por fin que él necesitó una puerta de escape para la vida que lo agobiaba. Que en ese momento pensó que la gente que dejaría atrás era fuerte, tenían apoyo y quienes los consolaran y los ayudaran a olvidarlo si realmente lo habían amado. Creo que pensó que lo que no podía hacer era traer hijos al mundo porque sería como si se cerrara la puerta por la cual él siempre podría escapar y no quería dejar a sus hijos como pensaba que su padre lo había dejado a él.

Cerré los ojos para ver si aún estaba ahí conmigo. Lo estaba.

"Eres un pendejo", le digo.

14.

Siguen pasando los meses. Le regalo a Vanessa un par de sillas baratas pero muy bonitas para el pedacito de balcón de su nuevo (para ella) apartamento. Al día siguiente me llama llorando porque se las habían robado. Llegó de trabajar a ese apartamento en el que estaba porque a la vida le había dado la gana y no estaban las sillitas. Esa noche me dijo, "yo trato mami. De verdad que estoy tratando pero…." Y ya no dijo más.

Luego vino su cumpleaños, el de Toby, el día de *Thanks Giving*, Navidad, Año nuevo, el Día de los enamorados, el aniversario de casados y el de haberse conocido. Todas convertidas en fechas negras, o blancas y soleadas según las quieras ver.

Vanessa hablaba de Toby constantemente, en presente, como si él estuviera de viaje y fuera a llegar en cualquier momento. Mientras tanto, se levantaba para vivir todos los días y parecía que la vida había triunfado. Después de todo, ahí seguía el sol de Miami, todos los días igual.

Fue en esos días que recordé lo que había aprendido sobre la conexión entre el sol y su efecto sobre los suicidas de la ciudad y decidí que ahí estaba mi *closure*. Mi cierre para seguir adelante y para ayudar a mi hija a hacer lo mismo. Para seguir adelante, nosotros y ella, en Miami y con Miami. Estaríamos bien. Tiempo al tiempo dice la gente, ¿no?

Pero un día como a eso del mediodía, cuando yo intentaba comunicarme con el cerebrito de la extremadamente vaga e irresponsable ejecutiva de finanzas con la que me habían impuesto trabajar, sonó mi teléfono. Me excusé y salí al pasillo a tomar la llamada.

104

"Mom…"

Era Vanessa y lloraba.

"¿Qué fue? ¿Qué pasó? ¿Qué pasa?"

"Nada. Solo que… necesito que me digas por qué me levanto en las mañanas.

"¿Pero dónde estás? ¿Qué ha pasado?"

"Estoy en el trabajo, pero necesito que me digas qué hago aquí".

"¿Cómo que qué.

"¿Por qué estoy aquí? ¿Por qué hago todo esto… todo este esfuerzo por levantarme y conducir al trabajo… si al final todo termina en una caja. Todos vamos a terminar en una caja. ¿*What's the use?*"

"No entiendo. ¿A qué viene esto hoy?"

"Mom! No tengo tiempo. Estoy en el baño del trabajo y ya mismo va a entrar alguien. Por favor, por favor… dime para qué sigo viva. Dime por qué vivir y hacer todo lo que uno tiene que hacer para esto… para esta….

Mi mente corría buscando lo que ella necesitaba, aunque me daba cuenta de que la tristeza y la desilusión que ella sentía me habían invadido. Así somos las madres. Si un hijo sufre, nosotras sufrimos. Si un hijo corre peligro, el corazón corre sin parar. No logras escapar de lo que le sucede ni un minuto. Ni despierta, ni dormida, ni cuando ríes, ni cuando sufres, ni cuando rujes.

"Vanessa, ¿entonces tú me estás diciendo que la vida de Toby fue en vano?

¡Ja¡ Ella no se esperaba eso.

"¿Cómo?"

"Sí, claro, que un día naces y cuando mueres te meten en una caja, pero... pero lo que cuenta es lo que haces en esos días entre medio. Toby te ayudó a ser mejor persona en muchas cosas. Eres más paciente. Más generosa. Incluso su muerte te ha ayudado a ver matices, los grises que antes no veías, obsesionada con juzgar, todo siempre para ti o blanco o negro. Si él no se hubiese levantado de la cama durante estos 26 años, no lo hubieras conocido, no habrías vivido todos los días bonitos que viviste. Lo importante es saber que tiene que haber algo por lo que vivas que sea más grande que tú y que él y que cualquier hombre o persona. ¿Qué vas a hacer tú con esos días de entremedio, antes de la caja, ¿qué vas a dejar atrás? ¿Qué vas a regalarles a los demás? Toby debió estar triste y confundido cuando hizo lo que hizo, pero fue su decisión no pedir ayuda, despedirse. Tienes que encontrar consuelo en eso. No se lo llevó una enfermedad que él no pudo evitar. No lo mató nadie. No fue un acto de Dios. Él se confundió, buscó la salida con la que podía estar en paz. Tienes que perdonarlo y perdonarte. Tienes mucho que hacer con tus días."

No sé cuánto tiempo más estuve hablando, convenciéndonos a ambas, pero en algún momento me percaté de que había dejado de llorar.

"¿Me entiendes? ¿Tiene sentido lo que te digo?"

"*I suppose*," dijo, que es lo más cercano que llega mi hija a decirle a alguien que tiene la razón.

"Bueno, pues si usted supone, váyase a trabajar y déjeme trabajar a mí."

"Okey, *Mom*. Bendición."

"Dios la bendiga."

Colgué sabiendo que vendrían otras preguntas como aquella. Que tenía que hacer algo.

Y dije: pero claro, Miami. El sol no la dejaba sanar. Tenía que sacarla de aquí. Tenía que darle estaciones del tiempo, edificios altos, arquitectura antigua, nada de playas y planicies.

Así se me ocurrió el plan de enviar a mi hija a sanar a la ciudad que me había enseñado a sentirme libre cuando pequeña: Nueva York. Y es que allí tengo amigas. Mis amigas Frances, Maggie y Berta le darían alojo por algunas semanas. Marixsa, Taylor, Marcela y Cristy la llevarían a almorzar, le mostrarían que había otro mundo que ella no conocía.

Y mi amigo Javier Ortiz, quién merece que diga su nombre porque no tenía el tiempo y sin embargo no dudó en ayudarme a salvar a mi hija, le consiguió entrevistas de trabajo en todos los lugares en los que se hacía investigación de medios, lo que ella había estudiado.

Así mi esposo y yo reuníamos todo lo que nos quedaba en el banco para dárselo y le compramos un pasaje a Nueva York, convenciéndola de probar. Siempre podía regresar.

La noche que llegó, me avisó con un texto y se acostó a dormir.

Pero al día siguiente, quedé inmóvil cuando escuché su voz.

Y es que venía entrelazada con el sonido de pequeñas campanas. Era un sonido delicado, no feliz precisamente, pero imbuido de algo que no había tenido desde la muerte de Toby. Quizás desde que había decidido ser adulta y casarse y asumir responsabilidades y tratar de guiar su destino y el del hombre con el que se había casado.

"Mami, es que hay tanta gente aquí y son tan *nice* y me encanta este lugar y creo que si consigo trabajo me voy a quedar aquí, ah, y ¡fui a Rockefeller Center! y no había nieve pero hacía frío y había gente bailando…"

Ella hablaba y hablaba desde esa otra ciudad a la que la había enviado para mantenerla viva, lejos del sol y de los recuerdos. Hablaba de todo lo que descubría, de las calles y de esos otros seres perdidos, pero con sueños, que ahora la acompañarían. No te puedo decir exactamente todo lo que dijo porque ella hablando y yo apretando fuerte mi auricular, bien cerquita de mi oído, con los ojos cerrados, bien cerrados, para no perder ni un segundo de ese fabuloso sonido que me decía que ella iba a estar bien y que quizás esa noche podría dormir si lograba grabar en mi mente esa música tan parecida al tenue repicar de campanas.

Isaac Singer Boulevard

Vera

Solía bajarme del *bus* algunas cuadras antes de llegar al cuarto que alquilaba en Harding Avenue y la 82 street. Hacía pocos meses que había dejado Buenos Aires, y mi destino era incierto, trabajaba de lo que saliera al paso, aquí y allá, lo que pudiera un veinteañero sin papeles. Caminar por Surfside era regalarme un atisbo de serenidad, algo que no tenía nada que ver con mi presente y mucho menos con un futuro que detestaba. Andar por esas callecitas al amparo de la sombra que daban los árboles, con las tiendas que ofrecían frutas extrañas y las panaderías con letreros en yiddish, era asomarse a los vestigios de un mundo desaparecido. En los patios de afuera de los condominos podía encontrarme con sus moradores que eran ancianos inmigrantes de la Europa Oriental, vestidos rigurosamente de negro, sentados en la entrada de los hoteles Art Déco al resguardo del sol y la muerte, hablando entre ellos una lengua desconocida para mí. Aquellos ancianos eran los espectros de aquel reino pretérito que alguna vez habían construido en un rincón de los Estados Unidos —ahora amenazado por el *Real Estate* que traía nuevos moradores y torres millonarias—, para preservar los códigos y costumbres que habían honrado en su juventud, del otro lado del océano Atlántico. El ciudadano más ilustre, el que había ganado un premio Nobel de Literatura en 1978, tenía su condecoración urbana: "Isaac Singer Boulevard".

*

La primera vez que escuché el nombre de Isaac Bashevis Singer fue por una amiga, que iba a un taller literario en el Centro Cultural Rojas. El que lo dictaba era un autor que admiraba su obra —también en los libros que había publicado lo dejaba muy claro— y lo difundía entre sus adolescentes/aprendices de escritores. Mientras chupaba algún cigarrillo Marlboro, "La Colorada"— como todos la conocíamos— me decía que debía leerlo, algo que por acercarse más a una orden que a un consejo, postergaba con voluntad de capricho. Pasaron algunos años, y una vez en Miami, buscando literatura entre los escritores que vivieron en la ciudad, leí algunos de sus excelentes relatos.

*

En 1935 Isaac Bashevis Singer les prometió a su esposa e hijo de cinco años que muy pronto se verían en América. La época ayudaba para semejante travesía: en Polonia los aires se iban cargando de intolerancia y el nazismo era una peste que muy rápido se propagaría por el resto de Europa. Acá lo esperaba su hermano Israel Joshua Singer. Hacía un par de años que vivía en Estados Unidos y se había ganado un nombre dentro de los autores que escribían en yiddish.

Isaac Bashevis, que hablaba un mal inglés y tenía una débil visa de turista, consiguió trabajo como *free lance* en el *Jewish Daily Forward*, el diario yiddish de New York. Por aquellos años la comunidad judía hablaba esa lengua, lo que permitía que hubieran en la ciudad algunos teatros y publicaciones literarias. Aunque el yiddish fuera para una minoría, Singer pudo ganarse la vida escribiendo los más diversos artículos de actualidad —eventos sociales, recetas de cocina, respondiendo el correo de lectores— y publicando algunos relatos al mes.

En sus cuentos y novelas los personajes suelen invocar —o maldecir— a Dios mientras reflexionan sobre la pasión, la vergüenza, el orgullo, se relacionan con prostitutas, artistas, pequeños estafadores. Hay cierto aire de historias folclóricas que incluyen fantasmas y demonios aunque sin demasiada carga moral. La peculiaridad de sus temas quizá se interprete por haber crecido en un hogar donde su abuelo y su padre eran rabinos y lo educaron para que siguiera el mandato familiar, sin suerte. Y por la vida de bohemia que vivió Singer en su juventud en los cafés literarios de Varsovia.

Hay un acontecimiento que actúa de bisagra en la vida de Singer en Estados Unidos. Sin ese hecho, probablemente, hubiera quedado como un autor secreto, sólo accesible a una minoría. En 1953 el crítico Irving Howe y Eliezer Greenberg preparaban una antología de cuentos en yiddish para el lector norteamericano. Howe le dio al escritor Saul Bellow el relato "Gimpel tam" para que lo tradujera al inglés. Bellow había crecido escuchando esa lengua por sus padres inmigrantes judíos. "Gimpel the Fool" llamó la atención de la inteligencia neoyorquina que encontró en él a un nuevo Chejov, y en pocos años los cuentos de Singer comenzaron a publicarse en revistas como *Harper's*, *The New Yorker* y *Playboy*.

Isaac Bashevis Singer se volvió un personaje conocido para el público de Estados Unidos que lo veía —en esos suaves equívocos donde se mezcla cierta ignorancia y el gusto por las historias "exóticas"— como el último autor de una lengua moribunda. Cuando ganó el premio Nobel de Literatura de 1978, ante los reyes de Suecia comentó:

"Mucha gente me pregunta por qué escribo en una lengua que se muere. Y yo les respondo, en primer lugar, que amo escribir historias de fantasmas y nada va mejor con los fantasmas que una lengua que está muriendo (...). En segundo lugar: creo en la resurrección. Creo que pronto llegará el Mesías y millones de cadáveres de personas que hablaron yiddish saldrán de sus tumbas y su primera pregunta será: "¿Hay algún nuevo libro en yiddish para leer?"

*

Desde 1940, el año que se había casado con Alma Wassermann —una judía alemana refugiada que decidió abandonar a su marido y dos hijos por un amor devoto alrededor de la figura del narrador que duró medio siglo—, Singer no se tomaba vacaciones. El invierno de 1948 se volvió particularmente despiadado. El escritor recordó lo que decían sus compañeros de redacción del *Jewish Daily Forward*, sobre un lugar de nombre Miami Beach donde el invierno era cálido —algo que todavía le costaba entender— la gente vulgar y se comportaba de manera excéntrica, dos atributos que finalmente lo convencieron para comprar los pasajes en tren y viajar por unos días al Sur de la Florida.

Al llegar a la estación, lo primero que hizo junto a Alma fue tomar un taxi en dirección a Miami Beach. Mientras viajaba por la autopista no podía creer que hiciera una temperatura de 80 ° Fahrenheit cuando en New York era de 20 °. En el libro de fotografías de Richard Nagler y textos suyos, *My love affair with Miami Beach*, confiesa: "Déjenme decir que para mí, la primera vez que visité la ciudad, sentí como si hubiera venido al Paraíso".

El matrimonio se instaló en el Hotel Pierre. La habitación costaba siete dólares por día. A Singer las palmeras le llamaron especialmente la atención. "¿Dónde había tenido la oportunidad en mi vida se conocer alguna?", se pregunta en el libro. Podía quedarse horas mirando los árboles, las calles, la belleza de una natualeza que lo desbordaba. Todo en Miami Beach tenía una capa de cierto esplendor que lo sedujo.

Lo que quería decir con "paraíso" tenía que ver con el paisaje tropical, obviamente, pero también con su pasado, el cofre que atesoraba su niñez y primera juventud en las pequeñas ciudades de Polonia. En Miami Beach se reencontró con otros emigrados judíos que hablaban su lengua. Y a diferencia de New York, en las cafeterías y lobbies de los hoteles de la playa, el escritor escuchaba en una variedad de dialectos del yiddish aquellas historias y chistes de su tierra que habían sobrevivido al desarraigo.

De ese primer viaje el autor escribió un artículo para el *Jewish Daily Forward*. Por aquellas descripciones, los lectores del diario pensaron que había estado en Africa.

*

Entre 1940 y 1950 la comunidad judía vacacionaba en Miami Beach. Estar allí, observarlos, fue fuente de inspiración para muchas de sus historias. En el Hotel Pierre y luego en el Crown escribió algunos capítulos de su novela *The Family Moskat*.

113

Uno de sus primeros relatos ambientados en Estados Unidos se llama "Alone". El protagonista es un viajero de vacaciones en Miami Beach. Cansado de la gente que entra y sale del hotel, los gritos de los niños y las parejas cargadas de bolsas de compras, lo único que quiere es estar completamente solo en el edificio. Le ruega a Dios que lo escuche, y se va a dormir. Cuando se levanta al día siguiente, comprueba horrorizado que su deseo se ha hecho realidad. Entra en pánico, la culpa lo golpea, es el hombre más desdichado del mundo pensando en las muertes que su egoísmo ha ocasionado.

El narrador ante semejante catástrofe se siente "como Noé pero en una barca vacía, sin hijos y esposa, sin animales". En un momento se encuentra con una muchacha cubana. La joven que trabaja en el servicio de limpieza le pregunta qué hace todavía en el hotel: en horas vendrá un huracán y todos se han marchado. El viajero, que dejó a su esposa en New York, ahora no quiere dormir solo en el que tal vez sea el último día de su vida…

Otras historias que se relacionan con la ciudad son "Old Love", "A Party in Miami Beach", "The Hotel".

Le gustaba comer en las cafeterías sobre Washington Avenue porque le producían cierta nostalgia por las que había en Varsovia donde se juntaba con los otros escritores del Yiddish Writers Club. En ese lugar hablaban sobre literatura inglesa, alemana, y poetas como John Galsworthy y Hans Heinz Ewers. Allí también conocía gente y las escuchaba contar historias. Algunos al saber su nombre lo asociaban inmediatamente con el periodista que trabajaba en el Jewish Daily Forward y le pedían que fuera él quien les contara nuevos relatos.

A veces caminaba del Hotel Crown al Seagull para el desayuno o cenaba en el Deauville.

En 1973, cuando el escritor fue invitado para dar una lectura en el Temple Beth Israel en el Downtown de Miami, su esposa Alma se encontró con una vieja vecina de sus años en Munich. Ella los invitó a su condominio sobre Collins Avenue en Surfside y los convenció de comprar un departamento en el mismo edificio. No fue fácil: el matrimonio tenía uno en New York.

*

En abril de 1978, el año mágico que recibió el premio Nobel de Literatura, Singer empezó a dar clases de escritura creativa en el campus de Coral Gables de la Universidad de Miami. La idea fue del *chairman* del Departamento de inglés, Bill Babula, y del escritor y docente Lester Goran. Unos meses atrás, el autor había dado una conferencia ante la comunidad judía en el Hillel House de UM. En esa oportunidad Babula lo invitó para trabajar en la universidad. El escritor aceptó la propuesta bajo una condición: las clases tenían que ser de escritura, nada relacionado con estudios sobre cultura judía.

Durante diez años impartió clases en UM. La relación con Goran oscilaría entre la fatiga por lidiar con los caprichos del escritor y una amistad basada en la admiración y el trabajo en conjunto, ya que Goran lo ayudó a traducir al inglés muchos de sus cuentos. La década de enseñanza quedó reflejada en *The Bright Street of Surfside*, libro que Goran publicó en 1994, tres años después de la muerte del escritor polaco naturalizado estadounidense. El título tiene que ver con el departamento en las Surfside Towers, un condominio

115

ubicado en el fin de la zona norte de Miami Beach, en la dirección de 9511 Collins Avenue, donde vivió el autor y en el que cada semana se juntaba con Goran para desayunar y traducir.

Las clases eran todos los lunes y las impartían los dos escritores. El salario era de 30 mil dólares al año. Si se contaba el tiempo que duraba la clase con el viaje de ida y vuelta de la casa del autor a UM, el total no pasaba de las tres horas. Lo que se significaba que ganaba mil dólares la hora. Nada mal.

Isaac Bashevis Singer se sentaba frente de los estudiantes, y a unos cuantos metros, cerca de la ventana, Goran. En el salón nunca había más de veinte alumnos. A su turno, se paraban a un costado del escritorio de Singer y leían en voz alta sus relatos, el escritor insistía en la lectura fuerte, ya que empezaba a tener problemas de audición. A veces cerraba los ojos con cara de estar concentrado, pero muy pronto se notaba que no había leído el cuento que adecuadamente una semana antes Goran les había pedido a los estudiantes le entragaran al escritor en su oficina.

A una chica afroamericana con un relato donde había muchas palmeras, la detuvo para decirle: "¿Esto ocurre en Harlem?" A otro: "¿Ese hombre es su tío?" A lo que el joven respondió: "¿Tío? ¡No hay ningúno en la historia!"

Para Singer, según se lee en *The Bright Street of Surfside*, la escritura tenía algo de juego. Un gran escritor ante todo es un niño. "There are no rules", repetía con su fuerte acento polaco. La sentencía era una confesión sólo dicha a Goran, ya que tenía miedo que se dieran cuenta en UM y los despidieran. Goran se reía, pero el autor le decía que no había ningún chiste: se veía a sí mismo como un estafador en esas pretenciosas clases. Pese a eso, a los estudiantes les gustaba asistir, no siempre tenian la oportundad de leer ante un Premio Nobel. Además, en el resume de un *undergraduate student* ese detalle opacaba cualquier obvia inexperiencia.

De todas maneras, difícilmente Isaac Bashevis Singer se hubiera quedado sin trabajo. Su presencia le daba prestigio a una universidad tan joven como UM. Su cara aparecía en los panfletos de *fund-raising* en muchas de las veladas de caridad y anualmente bajo su nombre se daban 125 becas a *honors students*.

Por aquellos años, principios de la década de los '80, el autor no iba al cine, tampoco a museos, no escuchaba música. Se quejaba que sus editores apoyaban a otros escritores y no tanto a él; que había conspiraciones en su contra; que *The New Yorker* era una publicación comunista. Sabía que décadas atrás había escrito bajo los seudónimos de Isaac Bashevis e Isaac Warshovsky demasiado para vivir humildemente como periodista. Esas notas y cuentos ahora en la vejez le pesaban, tenía miedo que alguna vez alguien fuera a traducirlos para su publicación. Para él, esos textos eran sencillamente basura.

Mientras, en sus clases de UM había surgido un nuevo problema. Desconfiaba de los taxistas que manejaban con sus propias reglas —algo que todavía sucede en Miami— y tampoco se sentía seguro cuando algún estudiante se ofrecía a llevarlo hasta su casa. Goran se negaba hacer de chofer, debía trabajar. Apareció entonces otra posibilidad: por 200 dólares al día se podía alquilar una limousine.

Hasta que finalmente dejó UM, Singer viajó todos los lunes en limousine. Goran y algunos estudiantes lo esperan en el jardín de la universidad como si llegase una celebridad eterna. Pero en 1987 Singer sufría todo tipo de achaques (no veía bien, le costaba escuchar y caminaba lentamente). Durante esos años los jovenes le habían guardado afecto. A veces venían de otras clases y lo esperaban a la salida para que les firmara sus libros.

El 7 de marzo Alma llamó a Goran y le dijo lo que ya era un rumor demasiado fuerte: Singer no volvería a dar clases. Se perdía con frecuencia y le costaba reconocer a la gente que lo rodeaba.

*

El escritor presenció en vida el homenaje que le hizo la ciudad. Todas las mañanas salía a su balcón en las Surfside Towers —finalmente pagó por su departamento 76 mil dólares— y veía sobre el celeste furioso del cielo el cartel "Isaac Singer Boulevard".

Durante sus años en Miami pudo organizar en unas pocas cuadras su vida cotidiana. Allí estaban la confitería Danny´s donde almorzaba, el Bal Harbour Shops para algunas compras y el Singapore Hotel en Collins Avenue para tomar café. A menudo iba a desayunar a Sheldon´s Drugstore. Una mañaba de 1978 que fue por bagels y huevos, al volver a su departamento, su mujer le avisó que estaba en el teléfono Mr. Weber, su editor en el *Jewish Daily Forward*. Por él se enteró que había ganado el Premio Nobel.

Todos los días Isaac Bashevis Singer se sentaba en la playa para ver el océano, las palmeras, las olas mientras esperaba alguna revelación. A Richard Nagler le confesó: "Miami Beach es uno de los lugares más hermosos del mundo".

Alma y la enfermera Amparo Ruiz cuidaron de la salud herida del escritor. Según su biógrafa Janet Hadda, a veces regresaba de las tinieblas para decir como un niño: "¡Soy el más grande autor vivo en yiddish!" La frase, extrañamente, la pronunciaba en inglés.

Singer no creía en la muerte. Pensaba que las almas volvían a los vivos en otro disfraz. Había un chiste que le gustaba repetir: no tenía mucho sentido que Dios se tomara semejante trabajo para mandar solo una vez el alma a este mundo.

Goran logró ver al escritor por última vez. Estaba en una silla de ruedas, sin expresión en el rostro, con la mirada en blanco. Luego de algunas severas hemorragias cerebrales y una estadía en el hospital —donde le diagnosticaron cáncer de colon— fue trasladado a un asilo de ancianos.

En el certificado de defunción de la Florida alguien escribió:

Isaac Bashevis Singer, sex male
Date of death: July 24, 1991, age 87
Dade of birth: July 14, 1904, place: Poland
Place of death: Nursing home
Son of Pinchos Synger and Basheve Silverman
Cause:
cardio—respiratory arrest   6 months
cancer of colon   1 year
organic brain syndrome   1 year

Hace algunos meses se estrenó el documental *The Muses of Bashevis Singer*. Fui a verlo junto al escritor y realizador Gastón Virkel, al viejo cine de la calle 71, en Miami Beach, el territorio del Premio Nobel. A diferencia de los ancianos frágiles que había conocido dieciséis años atrás, esta vez el público era en su mayoría jubilados saludables que tenían el inglés como primera lengua: eran los hijos de aquellos emigrados judíos que habían escapado de la guerra y la miseria. Recordé a mi abuela sefaradí y Gastón habló de los suyos que también llegaron del Este a un lugar perdido en el sur del continente. Luego de Estados Unidos, la Argentina es el país donde se encuentra la mayor comunidad judía.

The Muses of Bashevis Singer es un interesante film que indaga en las traductoras —un verdadero harén— que ayudaron al escritor a volcar sus historias al inglés. Singer no hablaba ni escribía bien el idioma, pero tenía una peculiar manera de trabajar. Una vez que terminaba el original en yiddish se lo leía a su traductora en una especie de "yinglish" y luego los dos trataban de arreglarlo en inglés.

En el documental se lo muestra a como un verdadero *womanizer*. Con la mayoría tuvo romances, aunque otras, gentilmente, rechazaron sus peticiones sexuales.

*

En su departamento de Surfside se encontraron todo tipo de papeles y documentos, como un poema escrito en inglés:

So much wisdom so much advice
so much knowledge in my sack...
it almost breaks my heart

He has lost the meaning
missed the hint
misinterpreted, misunderstood
done too little or too much.

Como a otros autores, a Isaac Bashevis Singer le
gustaba hacer listas. En una de ellas escribió sus lecturas
favoritas:

a.　　The Bible
b.　　*The Best of Pearls* by Moses Hayyim
Luzzatto
c.　　*Crime and Punishment*
d.　　*Anna Karenina*
e.　　Gogol´s short stories
f.　　*Madame Bovary*
g.　　E.A. Poe
h.　　*Pan* by Knut Hamsun
i.　　Swedenborg, *Heaven and Hell*
j.　　*The Phantasmas of the Living*

La vaca

Gabriel Goldberg

Es madrugada, todos duermen. Anoche decidí acostarme sobre un colchón tirado en el medio del pasillo, al lado de Truman, mi perro labrador. La alarma del teléfono lo arrancó de sus ronquidos más profundos, pero él no me hace reproches. Son las 4:00 de la mañana. No debo molestar. Julita y Francisco descansan arriba con su madre; en tres horas se despertarán para ir a la escuela. Levantarse de madrugada para preparar un Ironman completo parece ser mucho más un defecto y una gran molestia que una virtud que me pudiera hacer acreedor de alguna admiración. Truman me mira abriendo apenas un ojo. El otro está sellado por una pasta lagañosa. Creo que me sonríe. Acerco la mano a mi tobillo, toco la cicatriz y tanteo el nivel de inflamación; aún no cede. Me incorporo ayudándome con los brazos y rengueo mientras espero a que llegue más flujo sanguíneo hasta el pie. Toma más o menos unos treinta segundos. Los tendones recién reconstruidos quirúrgicamente crujen como si les faltara aceite; los tornillos parecieran amenazar con soltarse. Lo de todas las mañanas: camino a tientas hasta la cocina y todavía a oscuras enciendo la máquina de café; agrego una cápsula de Nespresso cafeinado. Preparo de memoria mis dos tostadas con Nutella, dispongo de dos sobres con estevia y un litro de agua, natural, no fría. Luego, las noticias por Internet y asuntos que atender en el baño.

Este entrenamiento de bicicleta, en medio de una zona rural semidesértica, lo debería haber hecho el domingo, no hoy lunes; me toma más de seis horas y obviamente no puedo ir a la oficina. No tengo de dónde sacar tiempo para todo. Mientras ando en bicicleta, pienso en qué escribir y en cómo escribir. Ah, sí, y para quién escribir. Lo hago igual cuando corro o cuando estoy debajo del agua —sea en un lago, en el océano o en la piscina—, cuando sumerjo la cabeza o cuando apenas asomo la boca para tomar aire. Mi tobillo derecho está inflado como un morrón y tengo solo seis meses para estar listo para el Ironman de Florida. El cirujano fue tajante: "por ahora, olvídate de correr, un metro que pises o que apoyes de más y tendremos que repetir la cirugía." Reconstrucción de tendones y ligamentos, cientos de millas corridas, años de uso extremo y abuso, el cuerpo un día te pasa la cuenta.

Manejo media hora hacia el sur y dejo mi auto estacionado en la marina de Black Point. La noche ya negocia la transición con la mañana. Al abrir la puerta del auto, una ola de aire espeso se me tira encima y con su humedad me empaña los anteojos. Las palmeras se agitan, sus enormes ramas parecieran ensayar un ritual de acercamientos rabiosos anunciando un viento poco más fuerte que moderado. Sopla desde el mar, en dirección noroeste. Saco la bicicleta del baúl y en veinte minutos hago los preparativos; lo tengo todo calculado, puedo ser metódico hasta la exasperación. Le pongo religiosamente ciento cuarenta libras de aire a las ruedas, enciendo el GPS y espero a que encuentre los satélites. Coloco las tres caramañolas que usaré para hidratarme durante el entrenamiento. Una, con la bebida de recuperación que lleva proteínas y carbohidratos; otra, con Gatorade de naranja, y la más pequeña, que acomodo sobre la diagonal del cuadro, solamente con agua. Coloco la banda del monitor cardíaco en mi pecho, me subo el cierre de la chaquetilla. Me quito las ojotas y paso una pomada antiinflamatoria por la zona de la cicatriz. Me coloco los zapatos de montar, sin medias; paso antes por el tobillo izquierdo la pulsera que tiene grabados mis datos para ser identificado en caso de un accidente. Me embadurno los testículos y el escroto con una crema mentolada para evitar los roces y el sangrado; limpio los restos de las cremas y pomadas que tengo entre los dedos, con un repasador que me robé de la cocina de casa. Me quito los lentes de aumento y me pongo los de plástico espejados. Acomodo el casco y trabo las hebillas que lo sujetan por debajo del mentón. Rocío piernas y brazos con bastante protector solar de cincuenta. Calzo las manos adentro de los guantes; primero el izquierdo, luego el derecho, ese con más esfuerzo. Guardo un kit mínimo de herramientas, una cámara de repuesto y un tanque de aire comprimido en uno de los bolsillos de la espalda; geles y documentos en el bolsillo del medio; acomodo algo de dinero y mi licencia de conducir en el de la otra punta. Escucho el pitido del GPS avisando que ya encontró la posición. Todo está listo para empezar. Cierro el auto, lo trabo y escondo las llaves en el amortiguador de una de las ruedas delanteras. El sol ya comienza a elevarse. En estas latitudes tropicales, más aún, como ahora, que estamos a las puertas del verano, todo es luz a las 5:30 de la mañana y el termómetro comienza a pujar sin ningún tipo de consideración. Es hora de arrancar, no hay más tiempo que perder. Monto la bici, enciendo el cronómetro, trabo los zapatos en los pedales y mis piernas empiezan a girar. Muy lentamente, voy bajando hacia la central atómica de Turkey Point, todavía con el plato más chico, la cadencia bien baja, el piñón de atrás es el segundo más grande desde la izquierda. El viento me pega en la cara.

125

Cielos claros y azules. Giro a la derecha al final de una plantación de cientos de Alejandras que en hileras interminables, alborotan sus ramas en un percutir verdoso. Entre los pasillos de sus troncos alcanzo a divisar esa monstruosa herradura roja y blanca que gira silenciosa e imperturbable arriba de la torre de control. Es la base aérea de Homestead, destruida por el Huracán Andrew en 1992 y reconstruida unos años después. Aviones de combate surcan el espacio; entran y salen de la base aérea, van en formación y luego se separan en un racimo ascendente. Alcanzo a contar tres, luego hasta seis. Este pequeño aeropuerto militar que se esconde medio clandestino entre caminos de tierra y densos manglares, supo ser el punto más caliente del planeta durante aquellos días de la guerra fría en que se desató la crisis de los misiles en Cuba, ese octubre terrible para la paz mundial. Kennedy y Khrushchev jugaban al ajedrez con juguetes mortales y soldados de carne y hueso: submarinos, barcos de guerra, cohetes con cargas termonucleares y aviones de combate. *The Final Cut* sobrevuela en mi memoria. Ese paradigmático álbum de Pink Floyd, que salió después de la guerra de Malvinas.

Debería dar vueltas alrededor del autódromo de Homestead; intervalos a toda velocidad en los lados más largos del circuito. Entre dos y tres millas con una de recuperación. Sin embargo, alargo la entrada para calentar y sigo la huella de los estruendos en el cielo. Pasan rozándome el casco y vuelven a elevarse hasta romper la barrera del sonido. El estallido me hace vibrar el manubrio. Alterno la mirada en la carretera, el asfalto gastado y rugoso, las intermitentes líneas amarillas agobiadas en su continuidad. El horizonte, ya a esta hora temprana, titila por el calor, los límites temblorosos se vuelven subjetivos, nada parece lo que es, ¿o nada es lo que parece? Todo resulta un espejismo. Estoy solo.

Ningún camión transportando basura ni palmeras reales. El auto incendiado y desguazado sigue en el costado de la ruta. Del otro lado, a unos cien metros, aparecen los restos del sillón que alguien abandonó la semana pasada. Es como el del muchacho que en plena calle Ocho, en contraesquina del Burger King, duerme totalmente desnudo sobre un sillón de cuero; los pies llenos de barro seco y los cabellos largos quemados por el sol. Cerca de él todo hiede a túnel de subterráneo, a letrina de cancha. Debe de tener apenas unos cuarenta años y sus ojos son verde pardo. Aplasto los pedales por cinco millas. Piso una serpiente negra, se me acelera el corazón, temo que me tire un tarascón; miro hacia atrás, sigue arrastrándose, cruza la ruta a toda velocidad. Más adelante, un poco más calmado, veo varios pájaros que se reparten a un perro inerte con los ojos abiertos a punto de explotar. Paso sin pensar, el vigía emplumado me observa intimidándome con la mirada; se debate entre avisar a sus compañeros la presencia de un extraño o ignorarme, pero yo bajo la cabeza y sigo avanzando. Ahora veo una estantería que alguna vez fue biblioteca; la caja de madera sin televisor, de esas consolas que usábamos en el living o en la cocina para ver grandes eventos, momentos extraordinarios de la historia, tal vez el hombre caminando en la Luna, tal vez una pelea de Muhammad Ali. Tomo dos sorbos de agua de una de las caramañolas, me recuesto sobre el manubrio y vacío un sobre entero de gel directo en la garganta. Treinta gramos de una pasta acuosa con sabor a chocolate saturada de hidratos de carbono, electrolitos, vitaminas, aminoácidos y doble porción de cafeína. Debo reponer cuidadosamente mis depósitos de glucógeno cada media hora. De no hacerlo, en unas horas chocaría contra "La pared" obligándome a abandonar y a pedir que alguien venga en mi auxilio. Nuevamente, tomo agua. Me recupero, las pulsaciones vuelven a estar bajas, pero igual sé que el calor se ocupará de levantarlas. Para

127

cuando comience con los intervalos deberé estar más arriba, si no, el trabajo no habrá servido para nada.

Subir y bajar cuestas es parte fundamental del entrenamiento para estar fuerte y enfrentar una carrera. Son varios factores que hay que atender seriamente para evitar problemas, además de la hidratación y la nutrición, las cuales deben ser puntuales y periódicas: el ritmo cardíaco, la cadencia de las revoluciones por minuto, la potencia a ejercer contra los pedales y al recoger las piernas, tanta presión con los cuádriceps como con los femorales, la manera de respirar, la posición a adoptar en la bicicleta —ya sea encogerse hasta casi no poder respirar, lo que se llama aero y que se hace para reducir la resistencia al viento, o incorporarse para enfrentar las partes más duras de las pendientes—, hacer los cambios cuando corresponde, ni antes ni después, no excederse en las subidas ni tampoco dejar de trabajar en las bajadas. En el caso de entrenar con un grupo, avisar al resto del pelotón todo lo que pasa por delante y por detrás de uno, sean baches, irregularidades en el asfalto, o bien, tránsito que se aproxima o que intenta rebasarnos. La vida de todos depende de la atención de cada uno de los que estamos entrenando. Todo esto hace que entrenar fuerte y largo en la bicicleta termine siendo una experiencia estresante y exhaustiva.

El viento sube y me empuja de costado. Veo en el horizonte a alguien que se acerca desde la mano de enfrente. Un ciclista vestido de negro con ropa satinada me cruza; levanta el dedo índice de la mano izquierda en señal de saludo. Usa anteojos espejados, solo se le ven los dientes. El viento sigue subiendo, ahora rota para colocarse justo frente a mí. Me cuesta avanzar. Esas ráfagas repentinas y furiosas son las montañas imaginarias que no existen en la topografía de este pantano. No alcanza con enfrentarlo agazapado y con los brazos enredados en el manubrio. Para mantener el equilibrio y no terminar estrellado en la banquina, debo atacarlo con determinación parándome agresivamente con todo el peso de mi cuerpo sobre los pedales. Es la única forma de mantenerme en pie. Una pierna por vez, una danza de esfuerzo y paciencia. Cuanto más largo sea el círculo que logre dibujar en cada pedaleo, más fuerza e inercia conseguiré generar. El tramo en línea recta mide tan solo unas diez millas, la pelea contra este cíclope invisible me toma unos cuarenta minutos. Todo sucede en cámara lenta. Avanzo tan pausadamente, que parezco caminar en el espacio. Es un milagro que siga andando; los cuádriceps me queman tanto, que ya casi no controlo la bicicleta. Decido sentarme, y de inmediato, me hundo entre los barrales del manubrio para reducir la fricción. Los ojos me lloran por el esfuerzo, las lágrimas se escurren por las mejillas y se secan antes de llegar a la nuca. Tomo aire por la boca, apenas una respiración corta; tengo el abdomen comprimido por la posición. Estrujo los pies contra los pedales, el tobillo protesta inútilmente, y remonto las rodillas desde abajo hasta chocarlas entre sí al llegar arriba; a duras penas me desplazo en dirección opuesta a tanta contrariedad. ¡Resiste, resiste, resiste!, es el mantra que rezo una y otra vez hasta empezar a alejarme del autódromo.

Doblo por la rotonda y encaro hacia Florida City. El viento ahora me empuja desde atrás. Navego en popa redonda, mi torso hace las veces de vela mayor. Avanzo a toda velocidad, el esfuerzo es mínimo, llego a tocar las treinta millas por hora. El aire se tranquiliza. Vuelvo a escuchar a los pájaros y los motores de los camiones que transitan en dirección a las granjas. Me aflojo un poco el zapato derecho, el tobillo late como si ahí tuviera un corazón desbocado; me quema con sus latigazos de descargas eléctricas. Paso los dedos por una protuberancia que se formó por encima del tendón recién operado; si presiono apenas, duele más que una muela con el nervio al aire. Me roza un convertible rojo que pasa a todo lo que da por la derecha. Adentro, tres adolescentes que deberían estar en clase. Se cagan de la risa de mí y uno me muestra el dedo del medio. Oigo sus risas exageradas; los *boofers* retumban a todo volumen compitiendo con el gemido agudo del motor. El auto se aleja haciendo chirriar sus ruedas al sincronizar todos los cambios a la vez. La goma quemada deja su huella oscura en la carretera. Tal vez no regresaron aún de la disco. Me alivia saber que Francisco no es uno de ellos. Al pobre Rosen se lo llevó puesto un pibe de estos; andaba tranquilo por el puente de Key Biscayne, lo enganchó debajo de la parrilla del auto y lo arrastró por varias millas. La policía y una horda de ciclistas furiosos lograron interceptarlo entrando al garage de su fortaleza. Tal vez montar en este desierto también haya dejado de ser seguro. Pero no llego a reaccionar para comenzar a putearlos, cuando instintivamente miro por arriba de mi hombro izquierdo y veo a un pelotón de unas cincuenta mujeres que vienen desde atrás hacia mí en cámara rápida; al lado de ellas parezco navegar en ralentí; me pasan como a un poste. La última de ellas, bastante pasada en años y en kilos, me desea un buen día andando sin manos.

Regresa la calma a la carretera. Tomo un resto del Gatorade de naranja. Ya no hay más fluidos para lo que queda de la travesía. Debo reabastecerme. La brisa ha dejado de existir. La gente camina tranquila por las veredas. Muchos van en bicicleta. Paso por las puertas del Town Hall de Florida City, es un barrio de gente humilde con mercados y bares de una zona de frontera. Veo hombres y mujeres haciendo cola para votar antes del día de las generales. En la mano de enfrente, hay una barbería que tiene más rejas que paredes. A los costados, una seguidilla de iglesias evangelistas de paredes blancas y templos umbandas en azules y rojos furiosos. Hacia la esquina, una escuela pública y, en diagonal, la estación de servicio de dimensiones escandalosas. Cuando en los comienzos de los años noventa la policía golpeó salvajemente a Rodney King en la ciudad de Los Angeles, la gente de aquí salió a la calle enardecida para luego ser, también, brutalmente reprimida. Parece increíble que haya sido en estas mismas calles y veredas donde hubo tanta violencia. Paradójicamente, o no tanto, a una milla y media hacia el sudoeste, casi a la salida de Robert —el lugar en donde pararé a comer y a reponer fluídos para el regreso— se erige un enorme edificio sin ventanas y rodeado de dobles alambrados de púas con torres de vigilancia. Es "el instituto correccional", la cárcel estatal, la prisión, el calabozo, el agujero negro en donde los tiran si no aceptan las reglas del sistema, si hablan en voz un poco más alta.

Aparecen nubes blancas en el sur, tan livianas que se esfuman en la esfera celeste. Vuelve el estrépito de las naves de combate y vuelvo a perderme en el cielo. En cuanto los aviones rompen la barrera del sonido toca en mi memoria el saxo punzante y ensordecedor de *Get Your Filthy Hands off My Dessert*. Se me estrella el aire caliente en las orejas. Un lamento lejano, un zumbido que viaja rápido en el tiempo me estremece con el recuerdo y sus sensaciones.

Era diciembre de 2001, en las calles de Buenos Aires las horas no pasaban nunca, los aires no eran nada buenos y yo corría sin parar mientras la ciudad se incendiaba por el calor y la frustración. Había llegado desde los bosques de Palermo hasta la zona del

Congreso, donde ya se había desatado la violencia y la infantería reprimía, no con balas de goma, matando a varios manifestantes. No había con quién hablar, solo reinaban el caos y la incertidumbre. Se evaporaba el sueño de una democracia estable, la creencia en instituciones fuertes, habíamos fantaseado con encaminarnos hacia el futuro, pero no, todo volvía hacia el pasado y el sistema nos volvía a vomitar. Decidíamos el venirnos a vivir a Florida; solo esperábamos a que Julita naciera. Nos habíamos escapado de la muerte por el Antrax en los hospitales de Nueva York, pero, entonces, y para nuestra sorpresa, en la Argentina se sucedían a diario los presidentes y nadie sabía qué pasaría al día siguiente, quién sería el obstetra, si habría anestesista, si el hospital estaría abierto o si contaría con los insumos esenciales para atender un parto. Tres años antes habíamos dejado el país para trasladarnos a Boston para que yo siguiera con mi formación como abogado y poder aplicar a mi regreso los frutos del esfuerzo invertido. Pero todo se nos vino abajo, como se vino abajo el país, y terminamos volviendo hacia el Norte, recalando en el pantano. Y este sueño americano prescribe ahora, que Francisco termina el secundario, que se vaya de la casa y parta a la universidad. No me olvido de las interminables millas recorridas con él a la vera del río Charles, el límite natural que separa a Cambridge de la ciudad de Boston, ese mismo lugar en el que Borges está sentado en un banco y dialoga con él mismo en dos momentos muy distintos de su vida; lo relata en *El libro de arena*. Yo empezaba entusiasmado a correr durante la primavera, en el otoño iba costando un poco más y para el invierno la nieve y el hielo complicaban todo y lograban doblegar mi voluntad. Trotaba empujando el cochecito en donde llevaba a Francisco. El tiempo me ha ganado y la nostalgia acecha. Ahora, pensando en mi hijo, me viene fuerte a la memoria un sueño que tuve anoche. Me enamoraba de una chica. Lo curioso, diría el psicoanalista que ya no tengo, es que yo me veía con la misma edad que ahora tiene Francisco. Cuando me desperté, la chica del sueño desapareció sin dejar rastros. Se iba esfumando a medida de que yo mismo sabía que me despertaba y que por eso la estaba perdiendo. Quise retenerla, pero no tenía cómo. Era irremediable. Insisto en descubrir quién es esa chica, algo involuntariamente me da vueltas adentro. ¡Eso es! ¡Es la chica de la vaca! Era la actriz de la película *Someone Like You*. La trama desarrolla una teoría sobre el hombre animal y las consideraciones sobre el papel de la mujer. El nombre de la actriz, luego de mucha búsqueda entre mis dejavus y semillas de Alzheimer, es Ashley Judd.

En el sueño, los dos paseábamos en un auto oyendo *Grisel*, el tema de Spinetta. Ella iba en el asiento de adelante, con su pelo rubio furiosamente teñido y muy cortito; no usaba nada de maquillaje. La ciudad era una mezcla de DC, Mar de Plata y París. Hablábamos de fútbol, no discutíamos, charlábamos agradablemente, compartíamos opiniones, sumábamos ideas, el placer era hablar. Ella también había cabalgado una vida dura sin perder un pelo de femineidad, de seducción, de compostura, ni qué hablar de su dignidad. No había quejas ni reproches de ninguno de los dos lados. Una mujer que no se queja es algo que ahora diría que es mucho más que una quimera. Al final, la chica de la vaca y yo nos abrazábamos llenos de felicidad, dando saltos y gritando eufóricos como si hubiéramos ganado la final del mundo. Yo le decía, "somos el uno para el otro" y ella asentía. Sus ojos eran hermosos, claros, verdes. Tenía la piel tostada, bien hidratada y suave. Yo sentía su perfume, una mezcla de incienso, madera de olivo y de cedro, y pensaba en cuándo podría acostarme con ella. Estaba alegre de haber encontrado a una mujer tan linda.

Lo que más me gustaba era una cadenita de oro con brillantes que usaba alrededor de su cadera, la cual, a la altura del ombligo, tenía una imagen que identificaba como la diosa egipcia Isis. Me parecía que eso la hacía más sofisticada. En fin, ella me encantaba, y me alegró el sueño y me alegró la vida.

Llegó el momento de reabastecerme de líquidos y de comer algo ligero. Atravieso un descampado y paso bordeando una gran colina de desechos que todavía no ha sido sellada. El aire es pestilente y tengo que meter la nariz y la boca adentro de mi chaquetilla para no vomitar. Igual toso en seco por las náuseas. Cuando los vahos comienzan a disiparse, veo cómo desde el corazón del aire caliente que titila sobre el asfalto, emerge la figura de Robert, que anuncia que en la próxima esquina está su granja. Tan solo unos metros adelante, en la intersección de las dos avenidas, un cartel gigante, que muestra a todo el clan posando con una gran sonrisa, proclama: "Aquí está Robert." Y sí, ahí está Robert, con su piel rosada y su pelo rubio, acompañado de sus treintaisiete hijos y nueras y yernos, vestidos con overoles de jeans, todos ellos rubios, con el cuello enardecido y los dientes amarronados y picados de masticar tabaco. El mejor batido de Key Lime de toda la Unión. Los turistas vienen especialmente hasta aquí para probarlo y comprar las mieles y frutas que cultivan los Robert; hay mangos de todos las variedades imaginables, también papayas, maracuyás, pitahayas, carambolos, chirimoyas, guanábanas, rambutanes, mangostanes, y hasta kiwanos, un melón africano peludo que nunca me animé a probar. Al entrar, detrás de unos de los mostradores, una chica pelirroja y llena de pecas me ofrece un pedazo de mango recién pelado. Lo recibo con las dos manos abiertas, como si hubiera avistado un oasis, y zambullo la boca y la nariz en la carne jugosa; levanto la vista y con la cara enchastrada de pulpa anaranjada emanando aromas de escándalo tropical, miro a los ojos de la chica y solo con la mirada le pido más. Ella entiende el lenguaje de los ojos, los hace brillar mientras me acerca la fruta.

Ya repuesto, monto de nuevo y emprendo el regreso por el autódromo. Veo a un cuarteto de pájaros grandes, oscuros, planeando sobre los matorrales, cerca del asfalto. Alguna vez me contaron sobre el pájaro negro que ataca a los ciclistas del norte. Suena a leyenda, pero parece que es verdad. La gente se hace mierda cuando se estrella del espanto al mirarse la espalda y ver que el pajarraco les está por morder las costillas. A mí me atacó uno en Buenos Aires, en la zona del Jardín Japonés. Creí durante años que era el único. El elegido. Debería escribir más sobre los animales que veo en el pantano cuando monto por largas horas. Como el viernes pasado, a 95 grados y luego de una noche breve de luna llena. Un mar rojo de cangrejos caminando hacia atrás, o de costado, intentando cruzar la carretera para dirigirse hacia el mar, como judíos escapando del faraón. Las aves de carroña comiéndose, en minutos nomás, animales enormes. Trabajan en equipo. Son una maquinaria perfecta. En una vuelta, alrededor del autódromo, por donde entrenamos, solo quedaron los huesos. En la vuelta siguiente, ni los huesos. En un campo preparado para la siembra vi un bulto y muchas aves negras a su alrededor. Sobre la carretera por la que yo iba había un pájaro que hacía de vigía. Creí que el bulto era una bolsa de semillas, pero, cuando volví a pasar, pude ver el vientre abierto de un ternero. Sobre el asfalto, también he visto sapos aplanados y disecados. En el canal de agua turquesa y transparente, tortugas plácidas recreando su lentitud; dicen que está infestado de cocodrilos. Es increíble la naturaleza: fueron muchas las veces en que la transparencia y el aspecto pacífico de esas aguas me invitaron a zambullirme para refrescarme un rato. Así será el diseño para que las bestias consigan sus presas.

Vuelvo a casa, en cuanto oyen que voy entrando con el auto, corren a la ventana de la puerta y miran ansiosos mientras me estaciono. Eva, que ya ha vuelto de la escuela, y Truman, con la lengua afuera, que parado en dos patas y apoyado en el marco de la ventana, es tan alto como ella. Veo a un Alf, y a una niña, los dos con caras dulces y ojos de espectáculo.

Y tú, ¿cuándo llegaste?

Enrique Córdoba

1. Haitianos en Florida

El vuelo aterrizó a las 5:30 pm. Llegar Miami es entrar a un edén de azules, verdes, islas con casas de película, conjuntos residenciales y autopistas. El aire acondicionado del aeropuerto es tan fuerte que uno se siente dentro de una nevera gigantesca. Pero al salir del edificio por el pasillo que da a la vía donde llegan los vehículos de los familiares y los taxis que recogen a los pasajeros, se recibe un fogaje tan brutal como a la entrada de un horno.

El pasajero queda aturdido con la bocanada de calor, el ruido de los autos y el bullicio de la gente.

Salí sin demoras y busqué un taxi. En el aeropuerto Internacional de Miami hay muchos taxistas haitianos. Son parte de los cien mil inmigrantes que han llegado en los últimos veinticinco años. Huyen de las condiciones de miseria y futuro incierto que aflige a los pobladores de la isla.

El éxodo a Miami les ha enseñado a movilizarse políticamente para obtener logros. Un haitiano —por ejemplo— alcanzó los votos para ser elegido comisionado en la ciudad de North Miami, donde se

137

concentra la mayoría haitiana. Otro llegó a ser vocero del alcalde del condado Miami—Dade, en el año 2000.

Haitianos son también muchos de los estudiantes de cursos del Miami Dade College, que ingresan deseosos de aprender a hablar inglés correctamente. Los hay de otras nacionalidades, como los cubanos, colombianos, venezolanos, argentinos, peruanos, etcétera. Si los miles de haitianos que se están formando en Estados Unidos regresaran a trabajar a Haití, el futuro del país cambiaría. Lo cierto es que, como ocurre con las otras migraciones, la gente prefiere quedarse y solo retorna a su tierra natal de vacaciones.

2. Taxista arreglador de muertos

Tengo una lista de amigos taxistas en Miami. Utilizo sus servicios y los recomiendo a quien los necesita. Mi lista de taxistas en varios rincones del mundo es amplia. Hace poco Nicolás Aguirre, dirigente cívico de Miami por más de treinta años, oriundo de Ecuador y vecino de mi edificio, me pidió referencias de uno en Guadalajara.

—Llama a Jacinto Delgadillo Curiel —le dije. Su vehículo esta bien cuidado, es confiable y solo pone música clásica en su taxi. Nicolás regresó encantado de los servicios de Jacinto. Los taxistas son termómetros de los pueblos, en todo el mundo.

—Yo he sido arreglador de muertos, yo he hecho de todo — me dijo un taxista oriundo de Pereira, tierra de mujeres bellas, en Colombia.

—Vamos por la 836, en dirección a Brickell Avenue.

—Tuve que aceptar este trabajo porque no había más. Arreglaba cadáveres en una funeraria de la Calle Ocho.

—¿No me digas? —comenté curioso.

—Era un turno de noche —imagínese—. Trabajé en un cuarto que le llamaban la nevera, por la temperatura helada para mantener en buen estado docenas de cadáveres. Me tocaba solo, a media noche hasta el amanecer, cargar cadáveres, usted no sabe lo que pesa uno después de muerto. Ponérmelos en el hombro y vestirlos. Usted no se imagina eso. Al comienzo era una demora ponerle una camisa, le metía un brazo y cuando me daba cuenta, al final el muerto sacaba el otro brazo. Tenía que empezar el trabajo.

—Era una odisea —le digo.

—No...no, eso era terrible. En la mañana me pagaban según el número de muertos que vistiera y dejara maquillados.

—Ah. ¿También los maquillabas?

—Claro debían quedar bonitos. Hubo una familia que pidió que le echara perfume a la señora, porque ese era su deseo en vida. En eso estuve casi un año. Pasé a vigilante en Dadeland Mall y hace cinco años soy taxista.

—¿El taxi es tuyo?

—No. Ojalá. Es rentado. Lo recibo a las seis de la tarde y lo entrego a las seis de la mañana.

—¿Y el dueño?

—Vive en Nueva York, es dueño de varios medallones. El medallón es la licencia para tener un taxi.

La historia terminó frente al apartamento. Le pagué los treinta dólares, valor de la carrera. Me despedí. A los pocos días, llamé al paisa Marino, otro colombiano. Se me presentó con un Hummer amarillo.

—Este es el único Hummer taxi —dijo orgulloso—. A la gente le gusta tomarse fotos al lado de mi taxi.

3. Estar de paso, siempre de paso

La capital del sol, otro de los títulos de Miami, ha tenido una rápida transformación. Los cambios se dieron a partir del 2000. Son visibles especialmente en el sector urbanístico. Proliferación de nuevas ciudades en el Condado Miami Dade y llegada de otros grupos de América Latina.

En el Miami de los ochenta, yo conocí historias cienfuegueras. De la familia de Cachao y del nacimiento de la Orquesta Aragón. Anécdotas de Chito Corao y de los restaurantes cubanos de la "sawesera", donde comí bistec de carne con yuca y fríjoles negros por US 2,99.

"Casablanca" era un restaurante en la Calle Ocho con avenida 16. Era frecuentado por cubanos y suramericanos de todos los bolsillos. Coincidimos más de una vez con Fernán Martínez Mahecha, César Marulanda, Jaime Flores, Gerardo Reyes, Darío Restrepo, el comentarista deportivo argentino Enrique de Renzis, (q.e.p.d.) Víctor Manuel Velásquez y Tuto Zabala.

Hablábamos del Miami de aquellos años y de los contrastes que nos impresionaban.

—Tú caminas por un barrio aquí —dijo De Renzis— y si ves el garaje lleno de autos sabes que una familia numerosa vive allí.

—Si estás en Argentina, y ves muchos carros, es porque hay una fiesta —decía.

Todavía me encuentro en cafeterías y librerías con Raúl Salazar, un filósofo cubano nihilista, estudioso de la obra de José María Vargas Vila, el escritor más universal que tuvo Colombia en Iberoamérica, antes de Gabriel García Márquez.

Salazar es un personaje de Miami. Cuando él empieza a hablar, nadie lo detiene.

Carlos Alberto Montaner sostiene: "no hay nada más peligroso que un cubano con micrófono". Bueno, Salazar no necesita micrófono. "Estamos en una sociedad sensualizada o sexista, como la llama el sociólogo Soroki— agrega Salazar— donde los valores del espíritu se han aniquilado". Peina su cabellera con la mano abierta y sigue: "nunca pensé vivir en Miami. Ni en otro país que no fuera el mío. Creía que no tenía madera para el desarraigo".

La confesión de Salazar me remite al poema *Desterrados* de Miguel Ángel Asturias. El médico guatemalteco Oswaldo Mazariegos residente en Luxemburgo, a su paso por Miami grabó estos versos para mi programa de radio: "y tú, desterrado: estar de paso, siempre de paso, tener la tierra como posada, contemplar cielos que no son nuestros, vivir con gente que no es la nuestra, cantar canciones que no son nuestras".

Nadie sale de su país porque quiere, sino porque las circunstancias se cierran y uno cree que afuera le irá mejor. A todos nos ocurre igual. Empezamos aceptando oficios que jamás se nos pasó por la mente que iríamos a desempeñar. Aún cuando en este país existe un pensamiento que te meten en la psiquis desde que atraviesas la aduana: "el trabajo no es deshonra".

Y con ese cuento lavas platos, conduces horas y horas, consigues otro *part-time* y terminas esclavo del sistema trabajando sin parar. A los cinco años cuando levantas la cabeza ya eres una máquina. Dices "no hay como lo nuestro: la gente, la comida, el paisaje, pero no sé qué tiene este país, que ya uno no lo quiere dejar. Te acostumbras a él".

4. Vértigo americano

Miami me recibió con su luz mágica, calor, humedad y las cosas agradables de siempre. Atrás quedó el desierto y las tradiciones árabes de donde venía. Aunque estar fuera de casa produce cierto grado de incertidumbre, la curiosidad de mi vocación para mantener los sentidos abiertos, me mantiene.

Estoy feliz en casa luego de tanto tiempo por fuera. Me esperan cerros de mensajes, cuentas por pagar y más trabajo. Volver a Miami es subirse a un tren de 180 kms por hora. El sistema de Estados Unidos atrapa y el vértigo domina la vida. Asumo mis deberes por un tiempo, pero en el fondo sé que debo volver a mi peregrinar que es mi sino.

Me gusta la organización y el respeto de la ley en este país, pienso mientras preparo un gin—tonic con toque de ginebra. Hago comparaciones con América Latina donde una fiesta dura hasta el amanecer y no hay quien proteja del ruido a los vecinos, si se llama a la policía y los dueños de la parranda son políticos o mafiosos, es tiempo perdido. Eso es lo que conquista a los inmigrantes, pueden ser los hijos del Presidente, pero si violan la ley se produce una sanción. No es que todo sea perfecto, pero la justicia tiene más presencia.

5. Sensaciones de Miami

Miami es un emporio de sensaciones. Más que una ciudad es un concepto espacial que nace a la orilla de la bahía de Biscayne. Se extiende desde los bordes de Homestead al sur, hasta la frontera de Palm Beach al norte. Cuando se habla de Miami, el pensamiento de la gente abarca todo este territorio, todas las ciudades del Condado Miami Dade y algunas ubicadas al norte.

Miami tiene un encanto que solo disfrutan quienes viven allí. Ofrece sol trescientos sesenta días y la luminosidad buscada por los pintores. Clima cálido todo el año, con excepción de diciembre, enero y febrero cuando se respira un leve frío. Tiene mar y se consigue cocina y gente de todos los países de América Latina y Europa. Además se puede vivir con lo mejor del primer mundo y las delicias del subdesarrollo.

El transporte no es tan eficiente, pero uno procura salir a los extremos del Condado en horas apropiadas.

6. Para qué voy a salir

Hay gente a quien no le interesa ir a otros lugares. Toño León, el boticario de Lorica, por ejemplo nunca quiso salir del área urbana del pueblo. "Para qué voy a salir de aquí si la gente es igual en todas partes", decía con vehemencia hasta el día de su muerte

—¿Cuando va a Colombia? —le dije alguna vez a Migdalia Membiela, la mamá de Roymi, mi primera esposa.

—A mí no se me ha perdido nada en Colombia —respondió.

—Déjeme tranquila aquí en Miami que ya ni a Cuba me interesa volver. La Cuba que yo dejé, no existe, —enfatizó.

Inés de Fátima Pereira, la mamá de Maripaz —mi suegra—, en cambio mantiene una maleta arreglada y lista todos los días del año.

—Estoy lista para salir de viaje —dice—. En cualquier momento cuando Antonio, indique ya tengo la ropa arreglada.

Existen otros que aborrecen los aviones y tienen que tomarse media botella de whisky para llenarse de valor y arrancar.

—Para mí —escribió el periodista Ryzard Kapuscinski, los más preciados son los reporteros etnográficos, antropológicos cuya finalidad consiste en un mejor conocimiento del mundo, de la historia, de los cambios que se operan en la Tierra.

En mi opinión viajar es la mejor inversión; salir y conocer otras culturas enriquece, despierta la solidaridad con los otros y abre la visión del mundo.

7. Periodismo en los ochenta

Hacer periodismo en Miami en la década de los ochenta era una proeza donde teníamos que soportar mucha presión. "Capturaron a los policías que le robaron la droga a los narcotraficantes y luego los mataron en el río Miami". "Detenida una banda que le vendía automóviles de lujo al Cartel de Cali".

"¡Escribe de esto! ¡Mándanos sobre aquello!", eran las pautas que recibía de mis editores del periódico desde Bogotá. La información de esos años giraba alrededor del narcotráfico. Debía mantener contacto permanente con voceros de la DEA, la Policía, la Aduana, las Cortes, las prisiones y los abogados para mandar mis corresponsalías. Esas eran las principales fuentes.

Llegué a Miami en tiempos tenebrosos, recuerdo. Una época en que los colombianos caminábamos por las calles de Miami y Nueva York con un pie en la cárcel y otro en la mira de la sociedad, la prensa y los agentes encubiertos. "Los colombianos somos los únicos inmigrantes obligados a demostrar las veinticuatro horas del día y de la noche que no somos narcos", decía Roberto García—Peña Jr., en sus tiempos de cónsul en Miami. García—Peña fue uno de los gestores de la acertada idea de negociar la adquisición de una sede propia para la misión consular colombiana en Coral Gables.

Pocas caras de aquellos tiempos quedan por ahí. Unos regresaron a Colombia, otros terminan condenas y uno que otro pasó a ser noticia de la crónica roja. Uno se echaba la bendición por la mañana al salir de la casa, buscando un poco de suerte y protección divina para no terminar en la noche en una celda. Andabas a la buena de Dios. Con tu moral entre cejas y confiando en que tu ángel de la guarda no se descuidara.

Una noche estaba en La Tranquera —un bar colombiano de la Calle ocho— con Héctor Alarcón —su propietario—, Rafael Vega, Edgar Chávez (q.e.p.d.), Oscar Henao y unas personas que acaba de conocer. El ambiente era de trago va, trago viene, música salsa a todo volumen, humo y luces de colores. Meseras jóvenes de glúteos generosos y senos exuberantes, desfilaban por entre las mesas atendiendo los pedidos y cumpliendo su tarea de excitar los sentidos de los clientes.

—Esta botella es una invitación de aquella mesa—, dijo la muchacha que nos atendía.

Yo miré hacia esa mesa y no logré divisar caras conocidas.

—Ahí está Pedro.

—¿Quién es Pedro? —pregunté.

—Después te contamos —me dijo uno de los amigos de mi mesa. Consumimos la botella de whisky. Luego supe la historia. Era el encargado de administrarle los dineros a un peso pesado del narcotráfico. Pasados unos años se le veía al frente de una promocionada empresa de telecomunicaciones con sucursales en varios puntos de Miami y Broward.

146

—Murió Pedro, en Colombia, —informó alguien.

—¿Dónde? ¿Qué pasó?

—Tú sabes que él estaba detenido en una cárcel del Tolima. Lo que dicen es que al guardia se le salió un disparo del arma que limpiaba y lo mató. La gente especulaba y creaba versiones.

—Eso no lo cree nadie. No lo mataron aquí y fue a morir en Colombia. Acudir a casa de alguien a cenar, ir de parranda o subirse a un automóvil era una decisión con final desconocido y muy difícil de tomar. Igual deliberación requerían los negocios. Los periódicos, la radio y la televisión local disfrutaban concediendo grandes despliegues informativos al desarrollo de los operativos antidrogas. La única nacionalidad que se mencionaba entre los delincuentes era la colombiana. Un poco de injusticia porque más de uno se lucró con el ilícito.

—Parte del esplendor de Miami y de los capitales y pujanza de muchos se deben a la corrupción de diversos gobiernos en el mundo y a los dineros de la mafia y los narcos —, sostiene en North Miami el economista Ricardo Rocha, el "Adam Smith" de María La Baja.

8. Y tú, ¿cuándo llegaste?

La ciudad de Miami es lo más parecido a esas mujeres de tarjeta postal que no se sabe de donde salen pero que aparecen y alucinan a los hombres con sus curvas peligrosas, exquisito glamur, trato insinuante y alta dosis de picardía.

Son una especie de muñecas de cera que a lo largo del encuentro van sacando del corpiño un abecedario de amistades conectadas con el mundo de los negocios y el jet set. Hablan de viajes y conocen de vinos, restaurantes y tiendas, y estan al día sobre lo que ocurre en París, Nueva York o México, pero que a la hora de saber quienes son realmente, se evaporan con la sutileza del agua que se escurre de la mano.

Al igual que ellas, Miami está llena de una incontenible vida social con todos los sabores: reflectores y colorido de trópico, que emula con Hollywood, Montecarlo, Niza o Palma de Mallorca.

Existen muchos Miami y para todos los propósitos. Para el selecto grupo de los potentados de raza y acaudalados con buen gusto. Para quienes gustan de exhibir lo que tienen con la ilusión de llegar a "ser". Para los que solo requieren del bullicio de South Beach, una colada en la ventana del Versalles o una tertulia entre parroquianos.

A paso de tortuga dejamos atrás el desierto cultural y ahora atravesamos un camino de optimismo debido a su diversidad. Miami tiene un inmenso potencial por contar con un gran número de artistas, músicos, pintores y público deseoso de que le programen y le informen adecuadamente de actividades culturales.

Miami tiene patrimonios valiosos y únicos que la convierten en una de las ciudades más atractivas para vivir. Sol durante todo el año. Playas cerca la puerta de la casa. Y algo más: su gente. Es una muestra étnica hispanoamericana con las costumbres, gastronomía, música, folclor y toques lingüísticos de cada país.

Es la primera ciudad bilingüe del hemisferio, donde un alemán interroga en inglés y le responden en español. O donde un argentino pregunta en español a un policía americano y este le contesta en un dialecto inventado aquí para "resolver", llamado spanglish.

Miami es un museo abierto las veinticuatro horas del día y la noche, donde es posible asistir a una reunión y encontrar en actitud de integración a afros, anglosajones, antillanos, europeos, centro y suramericanos.

Este es el único punto de las Américas desde donde se puede salir y llegar el mismo día a cualquier capital latinoamericana.

Si usted se encuentra en Bogotá, Caracas, Lima o Santo Domingo y desea viajar a Paraguay o Puerto Príncipe, guarde paciencia para darle la vuelta al Continente y perder horas en conexiones de aeropuertos.

Esta ciudad centenaria se ha modelado con lo bueno y los vicios de quienes nos gobiernan y de quienes la poblamos.

Ninguna región de Estados Unidos debe tanto a América Latina como el sur de la Florida. De los excedentes de capital sus dueños traen una porción a los bancos de Miami o los invierten en los apartamentos de Brickell, el Downtown, El Doral, Miami Beach o Aventura.

Miami se nutre de recursos que llegan amenazados por la inseguridad política o la incertidumbre económica.

Hay una etapa desaforada de la construcción y se levantan decenas de miles de unidades a costos inalcanzables para la mayoría de la clase trabajadora.

Es una transformación tan asombrosa, que la incluye en una de las tres áreas geográficas con mayor desarrollo en Estados Unidos.

Surgen interrogantes: ¿Quién compra, o quién va a adquirir esas propiedades? ¿Hasta cuando durará este boom? ¿Se mantendrá en alza el valor de la construcción? ¿Existió planificación municipal? ¿Está garantizada una adecuada respuesta para el tránsito vehicular en esas áreas?

¿Hasta dónde afectarán el negocio de la compra y venta de propiedades las obtusas restricciones antiterroristas del Servicio de Inmigración hacia los latinoamericanos cuyo valor agregado enriquece con capital, mano de obra calificada y cerebros fugados?

Miami es un lugar mágico y extraño donde a uno lo saludan como en la cárcel:

—¿Y tú, cuándo llegaste?

9. El camarero se acerca con dos bandejas y tres platos del pedido: vaca frita con yuca y congri. Tamora y Alejandro se concentran en probar la comida y dejan que impere el silencio por unos largos segundos mientras degustan la gastronomía cubana del exilio en la Coral Way.

En la ventana del restaurante dos hombres degustan un café cubano que un agricultor cosechó en las montañas de Colombia, que transportó a Miami un barco de bandera liberiana, que importó desde una oficina de North Miami un industrial americano, descargó en el puerto Everglades un estibador hondureño y preparó una empleada nicaragüense en una máquina "Bielati" fabricada en Torino.

Uno de los señores luce traje de lino blanco y el segundo viste guayabera sombrero de Panamá. Para los dos, sus tabacos son adornos que marcan el compás de las palabras. Proyectan figuras de isleños guajiros que han hecho fortunas labradas con el carácter del exilio. Tamora los ve manotear, alzar la voz y estrellarse verbalmente, hablan al mismo tiempo. Ella no tiene que ser adivina para saber que los dos hombres pontifican sobre un tema campeón en Miami. Aquí se concentra la mayor cantidad de especialistas del mundo por metro cuadrado: el futuro Cuba después del viaje del Presidente Obama, del 23 de marzo del 2016.

La ciudad

Carlos Pintado

MIAMI

Siempre he tenido miedo de escribir sobre las ciudades en las que he vivido. Como si estuviera frente a una pintura de la que es necesario distanciarse un poco para apreciar su composición y colores, las ciudades en las que he pasado mucho tiempo terminan por adquirir la extraña naturaleza de las pinturas cercanas.

Quizás *miedo* no sea la mejor palabra, lo confieso, o la más exacta; aunque si la cambiara por otras como *recelo* o *temor,* tendría la certeza de estar usando eufemismos innecesarios, traicionaría algo, mezclaría oro con barro. Pienso en esto justo antes de escribir sobre Miami, ciudad en la que vivo, y en la que he sido feliz y desdichado como supongo le ocurra a todos los que viven en cualquier otra ciudad del mundo.

Hace años comencé un libro, una novela híbrido entre memoria y ficción sobre Miami que, pese a tener material suficiente para rivalizar en extensión con la Montaña Mágica, apenas pude completar unas veinte cuartillas. Tenía los personajes y la trama, y tenía la ciudad. Algo, empero, se desdibujaba. Pensé inventar, como Faulkner, un Yoknapatawpha de Miami pero de poco sirvió. Huyendo de este *Writer's Block* recordé una cita de Ahmed Rasim usada por Orhan Pamuk en

"Estambul" (un libro bellísimo sobre esa ciudad, por cierto): "la belleza de un paisaje reside en su melancolía". La cita del turco me hizo pensar si esta falta de melancolía impedía en mí una sinergia creativa. Creo conveniente aclarar que hablo de una melancolía por esta ciudad, no de la melancolía que sentimos por otras ciudades en esta ciudad.

¿Será que Miami no tiene ese tipo de melancolía necesaria para producir en mí, o en otros, una obra como lo hiciera Joyce con Dublín, Borges con Buenos Aires o el mismo Pamuk con Estambul? Pero en seguida recuerdo que tanto Hernán Vera Álvarez como Pedro Medina León han escrito libros sobre Miami, hermosos libros con historias que ocurren aquí y me avergüenzo de no haber logrado yo lo mismo. Y como si fuera poco también está la obra breve y desgarradora de Guillermo Rosales (su *Boarding Home* quizás sea una de las mejores novelitas que se han escrito aquí), los cuentos de Carlos Victoria, o los poemas de Néstor Díaz de Villegas.

II

No hallarás otra tierra ni otro mar. La ciudad irá en ti siempre. El consejo o verso es de Cavafis. Escribir estas líneas sobre Miami me ha hecho revisar la presencia de esta ciudad en lo que he escrito. Una calle, mi calle, se impone: Euclid Avenue. También una librería: Books and Books. Dejo constancia de ello en tres poemas que tal vez no tengan otra importancia que no sea la de constatar que he vivido en esta ciudad, que he escrito algo sobre ella, aunque sea breve. Cuando termine de escribir hoy, regresaré a las veinte cuartillas de la novela inconclusa, intentaré somatizar esa melancolía en llenar cuartillas.

III

EUCLID AVENUE

La calle en donde tú y yo nos vemos,
guardará ese aire a ningún sitio,
a soledad tristísima o a muerte.
Yo buscaré tu huella en otros cuerpos,
el agua que en mi mano santifique
los bordes intangibles de la sed.
Sé que el dolor persiste
más allá de mis manos:
La calle permanece en su costumbre,
—al norte Lincoln Road, al sur la nada
de otras calles ajenas—;
sólo ella persiste
como el fantasma insomne de tus pasos.

EUCLID AVENUE

Euclid Avenue
separa
mi casa
de la casa del deseo:
los muchachos
—traídos acaso por el verano—
van y vienen
para que yo comprenda
la fugacidad de las cosas.

Cada vez que salgo a la calle, pienso:
los muchachos,
el deseo,
la fugacidad de las cosas.

BOOKS & BOOKS, LINCOLN ROAD

La imagen es otra, adolece. El cambio de estación apenas se advierte. Leía *Invisible* de Paul Auster cuando entraste al recinto: yo sentado y los libros, muchos libros, el olor del papel y de la tinta y nada más. Entre Rudolf Born, Adam Walker y ella, estaba yo como un testigo absurdo, de paso. Las páginas se sucedían; pensaba en el impulso, en el deseo del impulso, esa materialidad con que se forman las cosas. *Invisible* y yo, nada más; luego entraste. Vuelve el deseo. *Invisible. Invisible.* Leo algunas palabras pero la imagen regresa: tú vas de libro en libro, tus dedos rozan las cubiertas luminosas, el papel que guarda todo un mundo en otro idioma. En algún instante Born insinúa que el muchacho debería estar con su amante, con la amante de Born. Yo quiero estar en el mundo del libro, ser un personaje más, decirle a Born que el muchacho puede estar con su amante, con la chica francesa. No son los ciclos del amor, sino del deseo. Todo sucede como en el libro, pero al final estamos él y yo mirándonos despacio, sin lenguaje. Pienso en los límites de la devastación, en la lluvia que afuera cae, en las pocas palabras que el muchacho habla sin yo entenderlo; miro su piel blanca, sus ojos y mis ojos se encuentran en el vacío del aire. No hay triunfo; no lo habrá. Es una imagen, sólo eso, me digo. Antes de irse, sus ojos volvieron a mirarme. Sentí la inutilidad y la idea de pertenecer sólo a un recuerdo momentáneo, a la ausencia de todo y de las palabras.

Española Way
¿Una calle como metáfora de Miami Beach?

Jaime Cabrera González

El último artista que tuvo sus pequeños estudios en el legendario Art Center de Española Way, recogió sus obras y abandonó un paraíso que había sido creado hace unos noventa años con el propósito de que fuera una colonia de artistas e intelectuales y que hoy es conocido con el nombre de Historic Spanish Village (traducido como El Histórico Pueblo Español) de Miami Beach.

Para el visitante inadvertido que ve partir en un camión de U-Haul un lote de pinturas, esculturas y fotografías, no se trata más que de uno de los tantos cambios en los usos del suelo de una calle enclavada en el corazón Art Déco de South Beach —pero que rompe con este estilo arquitectónico—, y que se extiende desde la arterial avenida Collins al *cul de sac* de Jefferson, pasando por las avenidas que atraviesan su espina dorsal: Washington, Drexel, Pennsylvania, Euclid y Meridian; entre las calles 14 y 15.

El largo y estrecho callejón de Española Way tiene un encanto en general, ese que llevó a *The Miami Herald* a otorgarle en el 2012 el premio Goldman como la vía urbana más pintoresca en el Sur de la Florida; y su toque particular, particularísimo, en el denominado

157

"Pueblo Español", que es la cuadra que citaría cualquier guía turística, que es la que captaría cualquier lente para una toma de tarjeta postal electrónica y que nos llevará a hablar de ella y de su historia. Ese tramo va de la avenida Washington a la Plaza de España en la avenida Drexel.

Española Way, a veces sin la virgulilla, ese guioncito sobre la ene que hace que los sueños no suenen como tal, se caracteriza por el perfecto balance entre un estilo arquitectónico y el ambiente que logra, de manera que surja un intimismo a partir de la escala y una atmósfera que pocas veces se consigue en un espacio citadino, porque aquí además de un área residencial conviven una zona de cafés y restaurantes con mesas al aire libre, hoteles, tiendas, heladerías y bares que definen los términos de una relación cerrada y armónica, que fue pensada para la bohemia cultural.

Sin embargo...

*

"Llegué a South Beach al comienzo de los años 90. La causa de mi inmigración al Sur de la Florida fue el amor. Había arribado tras una mujer, perdidamente enamorado. Los franceses lo llaman *amour fou*. Ni siquiera ahora tendría que dar explicación por qué vine a dar a Miami Beach (una de las cosas que después aprendí es que aquí nadie pregunta por el pasado ni por lo pasado). Por aquellos días no me puse a pensar si pertenecía a los *status* establecidos por el Servicio de Inmigración; ni hoy, si encajo en la clasificación de los estudiosos: inmigrantes, exiliados, asilados, cosmopolitas, locales y blablablá. Estaba en Miami Beach, en La Playa, pero si ese amor hubiera vivido en Burkina Fasso, Izmir, Chifeng, Aloney Itzhak o Faisalabad, ahora estuviera escribiendo una crónica desde una de esas ciudades".

"De inmediato, Miami Beach me gustó. Fue un amor a primera pisada. Había algo especial en el aire, en el olor, en el entorno; una energía interesante, innovadora, de ciudad sin puertas; hecha a la escala humana, en donde podía caminar, pararme en una esquina, conversar con la gente (la mayoría estaba de paso, en sus caras no había preocupación), ver a los transeúntes que hablaban solos o se reían sin ningún motivo...Una orilla sin tiempo, en donde respirar profundo, fabular y confabular".

"Además estaba su majestad el mar y yo venía de una ciudad, Barranquilla, en el Caribe colombiano, con aire marino, cielos despejados y sol. O sea, playa, brisa y mar contra la nostalgia, si era el caso (y caimanes en la vecina Miami, si el asunto era musical, *se va el caimán, se va el caimán*...)".

"El distrito *Art Deco* me recordaba los edificios que había construido el cubano Manuel Carrerá en el barrio en donde pasé gran parte de mi infancia".

"Por entonces no tenía amigos ni nadie que me interrumpiera a la hora de sentarme a escribir y no me interesaba explorar el profundo Miami. Ir más allá de la Bahía de Biscayne. Llenarle los bolsillos a alguna agencia de autos. Me aislé en la isla, encantado de la vida y sus placeres. Tan lejos de la casa de mi familia como apenas dos horas y media en avión y no sé a cuántas de pasado. Ahora comenzaba una nueva aventura vital".

"Mi conocimiento de Miami se circunscribía a unos documentales sobre huracanes que vi en el colegio en donde estudié, el Colegio Americano, la película *Scarface*, la serie *Miami Vice*, y las noticias de compras en

159

centros comerciales, tiendas y boutiques: turismo en español en una escala hacía Disneyworld de viajeros que forjaron la imagen de una ciudad para no ser tomada en serio: chata, frívola, melosa, falsa, hedonista y fenicia; con flamencos, palmeras, autos deportivos, gente en vestido de baño, yates, hoteles y restaurantes".

"Pero también la vox populi, "Radio Bemba", decía que Miami era un nido de políticos corruptos, nuevos ricos, narcos, cubanos anticastristas denominados "gusanos", por la izquierda, y los "mayameros", o sea, los obsesionados con Miami".

"En Española Way escogí un pequeño establecimiento esquinero en donde secar una jarra de cerveza; un sitio desde donde "ver" y "sentir el ritmo" de la ciudad a la caída de cada tarde. Como sucede con Homero Loaiza en la novela el *Círculo del alacrán* de Luis Zalamea o con Lorenzo Centeno en *El umbral de fuego* de Eduardo Márceles esperé despertar una mañana diciendo: "¿Qué estoy haciendo aquí?"".

"Un día surgió la pregunta, pero de una manera diferente: hacía tanto que estaba aquí, que ya me sentía parte de la ciudad pues había encontrado una frase de Isaac Bashevis Singer, frecuente visitante de Miami Beach, con casa en Surfside, al que le dijeron tantas cosas de Miami que alguna vez dio por razón de su paso: "Si había gente vulgar y loca yo quería saber de qué se trataba". Y la misma curiosidad me sirvió para quedarme a averiguar qué era lo que pasaba".

*

"Ahora, 25 años después, Española Way me parece un modelo en miniatura, no de la Andalucía —ni de su remedo— que creó el que la soñó, sino de Miami Beach a través del tiempo. Una metáfora de la ciudad. De lo bueno, lo malo y lo feo. Sus euforias y depresiones cíclicas. De sus estados de ánimo tan bipolares: interesante y compleja a la vez".

"Para muestra un souvenir: una frase que pudo haber servido de epígrafe a esta crónica; que pudiera pirograbarse en un tablón con un Quijote alucinado que da la bienvenida a la calle y evita el ingreso de autos. La dijo Linda Polansky, en un artículo de Ginger Harris, publicado en *South Beach Magazine*, en mayo de 2014: "Española Way encarna la historia de Miami Beach". Que es a lo que voy.

*

Un sueño sin eñe

A mediados de los años veinte floreció en el Sur de la Florida el primer estallido de los bienes raíces y un puñado de promotores tuvieron sus visiones personales en torno al espíritu que deberían tener sus inversiones. Así fue como ya desde 1922 Francis F. Whitman, había pensado en establecer una colonia española en Miami Beach que llevara su apellido —válida cuestión de ego— y para la cual encargaría un diseño al arquitecto Martin Luther Hampton. Hay que tener presente que la Florida y España han tenido unos amores (y desamores), literalmente, históricos.

Al respecto bien vale señalar que no es gratuito que para esa misma época hombres como George Edgar Merrick planificara una ciudad con nombres y arquitectura mediterránea española que llevara el nombre de Coral Gables; que Schultze y Weaver construyeran

161

una torre con la influencia de La Giralda de Sevilla, edificación que también inspiró la fachada del Hotel Biltmore; y así tantos otros casos y "giraldas": la de Freedom Tower (antes, Miami Daily News Tower), la del antiguo Roney Plaza Hotel and Cabana Sun Club, la del demolido Everglades Hotel del *Downtown*, y pare de contar.

*

Primero fue el sueño. Dice T.D. Allman, en Miami, City of the Future, *que esta ciudad trata bien a los soñadores. Así fue como unos tantos de ellos que, aunque encontraron la tierra abonada para sembrados de cocos, papayas, mangos y aguacates, consideraron que aquí no había espacio para lo rural; y los cultivos dieron paso a la ciudad, el hotel, la calle, las edificaciones, que los urbanizadores construyeron a imagen y semejanza de sus sueños.*

Cada soñador, como se dice de cada loco, con su tema. Julia Tuttle y Henry Flagler se inventaron una Miami que sería mucho más que naranjales y cocoteros; George Merrick y su Coral Gables, española mediterránea inclusive en el nombre de sus calles y los palacios salmantinos de Mizner; el piloto, pionero de la aviación, Glen H. Curtiss y su Opa—Locka de las Mil y una Noches, *domos y minaretes. Y así Hialeah y Key Biscayne y Brickell y Coconut Grove y hasta Doral de aquellos Dora y Alfred que unieron sus nombres. Otra era la semilla a sembrar: la de una vocación urbanística e inmobiliaria de unos expertos en vender sueños e ilusiones que permitió la posterior saga de constructores, negocios inmobiliarios, vendedores de autos, industrias sin chimenea, mercados...*

Y en ese trance onírico, un día John S. Collins soñó Miami Beach. Pero Carl G. Fisher fue mucho más allá que una simple duermevela: le apostó a su porvenir diseminando hoteles y mansiones, canchas de golf y polo, vías, infraestructura y servicios para ofrecer el mar, el cielo y el sol que, como le habían salido gratis, podía sacarle todas las ganancias del mundo. Ni corto ni perezoso vendió la imagen de la ciudad con fotografías de bellas mujeres en vestidos de baño en que exhibían más carne que traje. Entre sus trucos publicitarios también incluyó carreras de botes de velocidad y una elefanta, Rosie, para promover el interés en sus propiedades y la ciudad como destino turístico de lujo y exótico para gente con dinero.

La historia había comenzado en 1870 cuando los Lum, padre e hijo, compraron un islote cercano a la costa por $0.35 centavos el acre que luego vendieron a Elnathan Field y Ezra Osborne por $0.75 cada acre y estos a su vez, al cuáquero de Nueva Jersey, John S. Collins, a $1.25 por acre. A Collins y su yerno, Thomas Pancoast, se les presentó un problema: la dificultad para sacar de Ocean Beach, que era como se llamaba la isla, sus productos agrícolas y decidieron hacer un puente de madera hasta tierra firme y acudieron a los hermanos Lummus, a quienes les habían vendido tierras, pero faltando poco para terminarlo volvieron a quedarse sin capital. Recurrieron entonces a un industrial de Indiana, Carl G. Fisher, que estaba de vacaciones en Brickell y éste no sólo le prestó el dinero, sino que cogió mangos bajitos del huerto de Collins al pedir 222 acres, más la compra de más tierra pues vislumbró en lo que el 26 de marzo de 1915 se convertiría Miami Beach al ser incorporada con las 150 personas y sus familias que estaban establecidas. En pocas palabras: un sitio perfecto para lucrar ofreciendo placer a propios y visitantes.

Fisher, que era un hombre excéntrico, extravagante, no se conformó con las dimensiones geográficas que la naturaleza le había dado a la islita, sino que la amplió a base de rellenos con arenas que extrajo de la bahía y, como si fuera poco, creó otras islas tales como Star, Palm e Hibiscus que servirán de ejemplo para la aparición de Sunset, Normandy y gran parte de las Venetian Islands. Funda entonces Alton Beach Realty Company. Es el hombre con más terrenos. Un entusiasta que había autopublicado un libro promocionando lo que sería Miami Beach con un nombre garciamarquiano en cuanto a lo extenso de su título: A Little Journey to Altonia: The Lure of a Clockless Land Where Summer Bask in the Lap of Winter.

Cuando la primera burbuja inmobiliaria y el desarrollo de la ciudad atraía a más gente —que llegaba por la Dixie Highway o por el County Causeway (hoy viaducto MacArthur) —, el 18 de septiembre de 1926 un huracán de categoría cuatro, fenómeno que nadie había vivido antes, advirtió que el sino de la ciudad sería el de borrón y cuenta nueva para los que sueñan con su pujanza. Tres crisis estarán siempre a la orden del día: la inmobiliaria, la meteorológica y la inmigratoria.

Otros delirios, los de la embriaguez, pusieron punto final a quien en la actualidad se le considera "El padre de Miami Beach", Carl Fisher, quien falleció en 1939, a los 65 años y sin un centavo.

Nace una estrella

En 1925, Newton B. T. Roney, un abogado de Camden, Nueva Jersey, que se había mudado a Miami y además era un exitoso banquero y promotor de bienes raíces, vio con ojos puestos en el futuro la idea de la villa para artistas tal como se la habían sugerido algunos amigos que le dijeron que Miami Beach carecía de un área similar al Greenwich Village en Nueva York o al Barrio Latino de París, en que los artistas y los amantes de las artes pudieran reunirse en un ambiente creativo y bohemio.

Entonces Roney encargó al arquitecto Robert A. Taylor, con el respaldo económico de Whitman, la construcción de un pequeño pueblo que fuera un doble en miniatura, *corte y pega*, de los de San Sebastián y

164

Fuenterrabía en la costa española, Biarritz, Cannes y Menton en Francia.

El arquitecto diseñó almacenes, apartamentos y hoteles en un puro estilo mediterráneo que respondían al clima y que se caracterizaban por sus largos voladizos, balcones cubiertos, gran ventilación y luz, paredes gruesas de estuco y la utilización de materiales de la región, con elementos comunes de la arquitectura española, marroquí, italiana y francesa.

El Spanish Village de Espanola Way (así sin eñe) estuvo listo para lo que creyó Roney había sido destinado su pueblecito: un exótico lugar de encuentro de artistas e intelectuales de toda la nación, con una "imagen fantástica".

Pero los artistas no llegaron ni se apropiaron de la calle ni del tal pueblo ni de su atmósfera. Lo que sí atrajo fue gente bulliciosa dispuesta a las fiestas de la cuadra y al centro nocturno *Port of the Missing Men*. Tal vez aquello también era una advertencia, una metáfora de su futuro. Roney propuso, pero la gente dispuso.

Con amagos de pesadilla

En 1928 Al Capone, después de una temporada en Indian Creek junto a su esposa Mae y a su hijo Sunny, finalmente se mudó en el 93 Palm Island, en una de las Venetian Islands. Aquella era una mansión de dos pisos, famosa por su piscina, en donde se esforzó en mantener una vida familiar normal hasta su muerte en 1947, fulminado por la sífilis. Sus operaciones de contrabando y juego ilegal, con las que estaba aún más familiarizado, estuvieron destinadas al emblemático Hotel Clay de Española Way en donde estableció el sindicato de los juegos S & G en lo que hoy corresponde a las habitaciones que van de la 128 a la 138. Y así al Pueblito Español llegó la mafia, con sus sacos cruzados y sus sombreros borsalinos.

La adquisición de la casa es otra película de hombres fuera de la ley y la doble moral de algunos de sus supuestos enemigos públicos. A pesar de la oposición de prominentes grupos que pedían no permitirle a Capone establecerse en la ciudad, éste buscó un recurso, con conocimiento del alcalde J. Newton Lummus Jr.; recurrió a un testaferro como comprador. Cuando se supo quien era el verdadero propietario de la residencia se puso el grito en el cielo y ya calmado los ánimos se procedió a una investigación. El polémico burgomaestre defendió su participación, pero poco faltó para que le costara el puesto. Al final pudo terminar su mandato.

Pero que el célebre capo se hubiera mudado de Chicago a Miami Beach y llegara a establecer relaciones sociales con prohombres de la ciudad —políticos y reconocidos hombres de negocios que en público decían una cosa, pero visitaban al capo para darle la bienvenida y lo cortejaban—, no inauguraba nada que ya no estuviera incubado desde la génesis en el intestino de esta "maravillosa isla de los sueños", siempre interesante para los elementos de los bajos fondos, el hampa, los traficantes, los lavadores de dinero, las prostitutas, los contrabandistas, los minoristas de drogas, la extorsión, el fraude, los policías y funcionarios corruptos, el film *Noir* y la novela negra.

Hoy en día no hay tour que no se detenga unos momentos para que el guía señale con un dedo en alto el famoso cuartel de operaciones de Capone y, de inmediato, las cámaras de fotografía y de los celulares, iPhones y tabletas, apunten hacia la edificación y más de uno se haga *selfies* para enviar a través de las redes sociales a amigos y desconocidos a los que aquel nombre les sigue sonando a protagonista de la trama de una película vieja que una noche vieron en la TV.

*

Nada nuevo bajo el sol y el cielo de Miami Beach. La ciudad apareció en el mapa en el año en que el Congreso de los Estados Unidos aprobó una resolución a favor de una enmienda de la Constitución, que terminaría por hacerse efectiva en enero del 20, con la ley federal Volstead que prohibía la venta, importación, exportación, transporte y consumo de bebidas alcohólicas; sin embargo, poco fue su rigor frente al licor y al juego.

El tema dividió a la prensa y a los partidos políticos, a Miami y Miami Beach. En esta última, hombres como Carl Fisher no sólo estaban en desacuerdo, sino que en su hotel, el Flamingo, construido de cara a la bahía, se permitió el licor y el juego, al igual que en otros hoteles. Por cierto, Fisher llegó a poseer unos cinco hoteles más. El Flamingo fue el primero, construido en la calle 5, en 1921.

No obstante la mano blanda de las autoridades, surgieron los llamados "speakeasy", bares clandestinos, como el mítico Jungle Inn de F.E De Mandel que ofrecía bebidas alcohólicas en su primera planta y ruleta en la segunda burlando la ley seca y la ola de mosquitos que había que atravesar para llegar a semejante sitio entre los manglares que había más allá de la calle 47 y la avenida Collins, es decir, de la línea que demarcaba el fin de la ciudad. Pero el que quiere gusto…

La cercanía de Cuba y las Bahamas hizo posible que, escondido en los cascos de las embarcaciones, llegara el licor (como después llegaría la droga) que iba a parar a las bodegas personales

167

de los ricos de la ciudad, dispuestos a contravenir cualquier medida en contra de torcer el codo. Los gánsteres dirigían "sus negocios" sin ser molestados hasta que la comisión Kefauver de 1950 procedió a una redada que comenzó con figuras que operaban al sur de La Habana como el caso de Meyer Lansky, quien en 1983 murió en la tranquilidad de su hogar en Miami Beach.

Miami Beach ha sido el destino de sujetos del crimen organizado que no han venido precisamente interesados de los planes de vacaciones de las agencias de turismo, sino tras los atributos que ésta les ofrece para sus negocios. La lista negra incluye desde los tiempos de las mafias de Chicago, New Orleans y Nueva York rumbo a Cuba —Meyer Lansky, Mike "Trigger" Coppola, "King" Angersola, Santo Trafficante Jr., y muchos otros que residieron en La Playa—; y luego, los carteles de Latinoamérica que pasaron de la marihuana a la coca en los 80 —tráfico, distribución y guerra que Bill Corben documentó en Cocaine Cowboys *(2006) — y trajo al vecindario a personajes como La Viuda Negra, Carlos Lehder y Pablo Escobar, entre otros personajes nefastos y villanos que no alcanzaron a limpiar sus nombres o a esconderlos tras un prestigio público inmarcesible como sucedió con otros; hasta ser las guaridas para las mafias reducidoras de cabezas de Europa Oriental e Israel en nuestros días de drogas sintéticas y otras formas de prostitución e ilegalidad. Cada uno con sus propios prontuarios delictivos y leyendas.*

*

"La primera advertencia que me hicieron los editores de la revista para la que empecé a trabajar me dejó perplejo: cómo así que no me subiera en cualquier vehículo de una persona que no conociera muy bien pues me ponía en un riesgo de complicidad ni que me dejara fotografiar en grupos ya que podía haber alguien que estuviera siendo investigado por sus entuertos. ¿A qué ciudad había llegado? Eran los tiempos de los *beeper* y los teléfonos públicos en donde se cerraban los tratos y los pedidos; en que los autos iban cargados de droga camuflada en los asientos, las puertas, bajo los tapetes del piso, en los parachoques; en que se pagaba la publicidad —y tantas otras cosas— con dinero en efectivo sin importar lo que costara y se encimaran escandalosas propinas... Eran, en últimas, los rezagos de los años ochenta, pero de esto había una larga tradición desde los primeros tiempos de la ciudad".

"South Beach que había padecido un fuerte deterioro en sus construcciones empezaba a dar signos de sobrevivencia. Poco encontró que destruir el Huracán Andrew como sí sucedió en otras áreas del Condado que las arrasó. Lincoln Road estaba medio abandonado a su suerte. Ocean Drive no despertaba del todo. Española Way se había estancado. Los autobuses brillaban por su ausencia y cuando aparecían sólo iban cuatro gatos sin mirar por las ventanillas: no había nada que ver".

"Empecé a descubrir la ciudad caminando de un lado para otro; en estos años no creo que se haya salvado una sola calle de South Beach y un poco más allá de sus límites, de mis paseos, de mi vagar sin rumbo, que es una manera de disfrutar los espacios públicos como nutriente para la imaginación".

"En ese encuentro con Miami Beach, en ese acostumbrarme a su mecánica, a sus pujos, transición y renacimiento, aún estaban vigentes las ideas literarias que habían nacido en Barranquilla y que seguí trabajando gracias a que existía una ciudad ideal para ello, era como mirar desde la acera de enfrente. No me costó mayor esfuerzo terminar *Como si nada pasara* y con el *Tumbao de Macorina* llegar a ser finalista en el Concurso Letras de Oro de la Universidad de Miami.

"Al final de la jornada laboral en *Lea Magazine*, en esa primera década, casi a las puertas del nuevo siglo, terminaba mi día en una esquina de Española Way, en un sitio llamado Java Junkie Cafe, en donde un muchacho hondureño—alemán que respondía al nombre de Luther apagaba mi sed de ciudad, de descubridor de sitios, de visitante de la biblioteca, de periodista, de escritor, de curioso, con una jarra de cerveza. Ahí pensé lo que sería el libro *Miss Blues 104° F*. Los amigos que llegaban hasta allí me decían: 'Qué hay de nuevo Charlesdickens'. Aquel se convirtió en mi "cuartel" frente al de Al Capone, al fin y al cabo la creación literaria tiene mucho de juego clandestino."

Art Deco antes de que Mambrú se fuera a la guerra...

Española Way sufrió una transfiguración propiciada por la meteorología y el estado financiero de los años 30.

La propuesta de una arquitectura mediterránea, aunque apropiada para el clima sub—tropical, era demasiado lujosa para el bolsillo de una clase media golpeada, primero por el huracán de 1926, que arrasó con la arquitectura vernácula de piedra caliza y madera, y luego por la Depresión del 29, un gancho al hígado de la economía del país, y dio paso a los movimientos *Art Deco*, estilo aerodinámico, tanto en la prolongación de Española Way como más allá del Pueblo Español.

El Renacimiento Mediterráneo de los fastuosos mosaicos y estuco, techos de tejas, balcones, arcos y prominentes vestíbulos que creaban una atmósfera romántica de riviera europea y ostentación empezó a convivir con el *Art Deco* que aligeró la ornamentación con su semántica de la fauna y la flora tropicales. Entonces estilizados pájaros, palmas, flores, líneas marinas, simetría, zigzags, esquinas curvas, uso de bloques de cristal, metal y tejados piramidales definieron un diseño acorde a los tiempos en que Miami Beach urgía de una mayor sobriedad, edificaciones pequeñas y construcciones más baratas.

*

El período antes de la Segunda Guerra Mundial le fue dando a Miami Beach un nuevo perfil arquitectónico y económico, en especial a la zona sur de la playa en donde a todo lo largo y ancho se construyeron hoteles y se abrieron tiendas que generaron empleos y, que de alguna manera, contrarrestaron la depresión que atravesaba el resto del país.

La mala situación económica de los negociantes inmobiliarios permitió la participación de los judíos en las inversiones cuando hasta ese momento habían sido segregados. Una ordenanza de 1949 y una disposición de la Corte Suprema en 1950 puso fin a tal restricción, no obstante Miami Beach haber tenido un alcalde judío en 1943 y contar con arquitectos como el inmigrante judío ruso Morris Lapidus y otros. Carl Fisher quería una isla sin la intervención de capitales judíos y los había arrinconado antes de la Avenida 5ta. No se les permitía entrar a los hoteles en donde colgaban letreros que decían que sólo se aceptaban gentiles o que se reservaban el derecho de admisión.

Los judíos levantaron su primera sinagoga, Beth Jacob, en 1929, en el gueto asignado en tierras que pertenecían a los Lummus, familia que junto a Collins y Fisher se habían repartido los terrenos y la finca raíz de la ciudad. Después de la depresión los judíos se fueron moviendo a otros sitios tales como las avenidas Collins y Washington; también en Española Way, allí se asentó

171

—para mediados de los 30— la familia del esposo de la que sería la primera mujer e hispana que ocuparía —muchos años después— la alcaldía de la ciudad en dos oportunidades (2007— 2013): la demócrata cubana Matti Herrera—Bower.

Dentro de los episodios de esta comunidad que hasta los 80 fue mayoritaria y ha llegado a dominar la política local, encontramos el del caso del trasatlántico MS St. Louis al que cargado de 900 inmigrantes judíos alemanes no se les permitió desembarcar en Cuba, entonces lo intentaron en cercanías de Miami Beach, pero también sin éxito ya que el presidente Roosevelt les negó la entrada teniendo que regresar a Alemania en donde muchos de los viajeros terminaron sus vidas en campos de concentración durante el Holocausto.

*

A paso de ganso marcial

Y en los cuarenta, al clarín de guerra, a Española Way llegaron los soldados con sus alineamientos, marchas, calistenias y silbidos (como en *The Bridge on the River Kwai*) propios de la instrucción militar. Como a todo Miami Beach, los hoteles de esta vía no fueron la excepción a la hora de hospedar a las tropas que se entrenaban para entrar en combate durante la Segunda Guerra Mundial.

En la ciudad se había establecido la base de entrenamiento del Cuerpo de Aviación del Ejército de los Estados Unidos en que aviadores, reclutas y personal militar hicieron de hoteles, restaurantes, canchas y cafeterías sus cuarteles, comedores y centros de entrenamiento; y de sus calles, el paso frecuente de oleadas de pelotones, militares con fusiles al hombro o con grandes tulas y en convoyes que se preparaban para la lucha. Los uniformados contrastaban con los vestidos de baños de algunos transeúntes locales. Y se establecieron zonas militares estrictas.

Más de medio millón de hombres permanecieron en la ciudad de 1942 a 1944, en uno de los mayores centros de alistados de formación básica y escuelas de candidatos a oficiales. Uno de los alumnos más publicitado fue el ídolo del cine Clark Gables, pero también participaban destacados deportistas como Hank Greenberg, quien fuera una de las estrellas de los "Tigres de Detroit". En esta parte hay que mencionar que unos dos mil hombres liberados por los japoneses pasaron unas dos semanas de relax en "la playa" atendidos en los bares por bellas, entusiastas y patrióticas chicas.

*

"No soy racista —me dice una mujer de piel acanelada en víspera del Urban Beach Week que trae a la ciudad unas dscientas cincuenta mil personas en su mayoría afroamericanos—, pero por qué esos (no se atrevió a decir negros, sino que se frotó un dedo por el brazo) tienen que venir a escandalizar a Miami Beach".

Fisher, que no era que gustara mucho de los negros en Miami Beach aparte de tener que aceptarlos como sirvientes, le compró a D.A. Dorsey, el primer millonario negro de Miami —con tierras en Broward, Cuba y las Bahamas, fundador del primer hotel, banco, parque y colegio para negros— lo que conocemos como Fisher Island. Después cuadruplicaría el área para su negocio inmobiliario y, al final, se la cambiaría por un yate a William K. Vanderbilt II (pero ya esa es otra historia).

Hasta los 60 los afroamericanos no podían pernoctar en Miami Beach. Se les exigía un documento de identificación. Eran trabajadores de hoteles y restaurantes que debían abandonar la playa al atardecer: para ellos había un toque de queda. Partían rumbo a Overtown, conocido como Colored Town o "Darktown" en la era de las leyes de Jim Crow que propugnaba por la segregación racial. Artistas de la talla de Duke Ellington, Louis Armstrong, Cab Calloway, Count Basie, Ella Fitzgerald, Diana Ross y The Supremes, entre otros, que se presentaron en los espectáculos que ofrecían los hoteles con bombo y platillo, no pudieron hospedarse en estos y después de la presentación tuvieron que abandonar la ciudad.

Las leyes segregacionistas no sólo se aplicaron a escuelas, transportes, baños, restaurantes y hasta al ejército que venía de pelear contra la concepción de los nazis sobre las razas, sino a lugares públicos. Las personas blancas no podían compartir las playas con los negros. Hubo casos, como el de Virginia Key que después de una histórica lucha, los manifestantes consiguieron que se le adjudicara una playa a los negros.

Esa misma creencia de que aceptar afroamericanos va en contra de la reputación de la ciudad, de alguna forma, primó al comienzo de los años 80 cuando se les negó el asilo a unos veinticinco mil haitianos, mientras la ciudad se abarrotaría con los que llegaban en los barcos del Mariel. Al respecto, dice David Rieff en Going to Miami, *que los haitianos desembarcaban "en algunas de las mejores propiedades que se extendían en las playas de la costa este. No respetaban la propiedad y algunos llegaban irrespetuosamente ahogados".*

Y cada año para el fin de Semana de Recordación o Memorial Weekend muchos de los habitantes de South Beach abandonan sus casas y los negociantes cierran sus establecimientos ante la avalancha de afroamericanos que llegan a la ciudad para la celebración del Urban Beach Festival, por temor a lo que degenerarán las fiestas.

Escribe Rieff: "Los negros constituyen la vergüenza oculta de Miami, aunque su presencia sea tan antigua como la misma ciudad".

Los afroamericanos en Miami Beach conforman el 4.4% de la población.

*

Amplio es el trecho que va desde aquel Hotel Brown de 1915 tan cercano a una película de los Hermanos Marx sobre el boom turístico de Miami, al perfeccionamiento hotelero de nuestros días pasando por lo que muchos consideran la Edad de Oro del festejo y la diversión en Miami.

En los años cincuenta Miami Beach exhibió su glamur como nunca antes. La llegada de esta década encontró hoteles como el Saxony y el Sans Souci con la firma del arquitecto Roy Francia, a los que se unieron —en un apogeo hotelero— el Fountainebleau y el Eden Roc, diseñados por Morris Lapidus. Vale la pena contar que a este arquitecto los comerciantes de Lincoln Road lo contrataron para convertir la vía en un centro comercial peatonal. Desde los tiempos en que era una calle abierta, vehicular, Fisher —que tenía sus oficinas en el edificio de la avenida Jefferson, en donde posteriormente quedaría el café Van Dyke—, la había bautizado como la "Quinta Avenida del Sur", y necesitaba maquillaje ante la marejada turística.

Pero también fue la época que junto al Art Deco tropical empezaron a destacarse el estilo de postguerra que hizo que se conociera en todo el país a la ciudad como Miami Modern (MiMo), con la construcción de hoteles, edificios comerciales y viviendas que se caracterizaban por los ángulos agudos, paredes curvas, altos pilares, postes metálicos, techos voladizos, patios y galerías y detalles como el ala delta de los aviones, huecos de queso y un toquecillo "kitsch" (en las edificaciones que hoy constituyen los distritos históricos de

Morris Lapidus, North Beach y Normandy y aún más allá en los moteles de Biscayne Boulevard).

Aquella pasión desenfrenada y optimismo rayano en lo extravagante se vivieron por casi dos décadas. Miami Beach era el sitio más visitado por figuras del espectáculo y el deporte, paraíso para los turistas y paraje ideal para los que se retiraban. E incluso para los que venían de luna de miel como el caso de Fidel Castro y Mirta Díaz Balart, que permanecerían diez días en la ciudad, en 1948.

*

Por aquí pasaron William Randolph Hearst Jr., Gary Cooper y Joan Crawford, John Wayne, Sean Connery, Joe DiMaggio, Liberace y una tropa de bailarinas exóticas. Y luego Frank Sinatra y The Rat Pack, Sammy Davis Jr., Dean Martin con sitio propio, Jerry Lewis y Elvis Presley. Jackie Gleason hizo su programa de TV desde el Miami Beach Auditorium y Ed Sullivan realizó su show con los Beatles —en el primer viaje de ellos a los Estados Unidos— en el hotel Deauville. El por entonces Cassius Clay peleó por el título mundial en el Convention Hall y al día siguiente fue Muhammad Ali.

Y muchos —incluidos ricos, artistas, aventureros, jugadores, turistas y gánsteres— terminaron sus noches en restaurantes que no excluían a ningún cliente y habían creado ambientes y atmósferas especiales de luces bajas para retenerlos (nada que riña con el presente). Fueron los tiempos de Miss Universo. En que se filmaron varias películas. Y en el que en 1972 se llevaron a cabo las convenciones Republicana y Demócrata en el Convention Center y después nunca más.

Entrados los 70 no sólo el glamour partió con sus oropeles y parafernalia, sino que aparecieron otros puntos en el país hacia donde se dirigió la farándula, por un lado, y por el otro, las maletas de los turistas. Más apetecibles fueron las ganancias que ofrecieron Las Vegas y apareció del cubilete del mago un conejo (mejor, un ratón) diferente de entretención: Disney, en Orlando; tomaron auge los vuelos aéreos frente a los viajes en tren; las playas del Caribe tuvieron mucho que ofrecer; los viajeros se envejecieron y los gustos de las nuevas generaciones apuntaron hacia "excitantes paraísos"; se construyeron edificios que ofrecían apartamentos para que se pensara que era mejor una propiedad que gastar en una estadía en hoteles; y como si no fuera bastante, hubo frío en las temporadas en que los visitantes venían en busca de calor.

Frente al espejo de su mar, Miami Beach fue una ciudad envejecida, pobre, aburrida y abandonada. En South Beach había hoteles con las ventanas tapiadas con madera, edificios descascarados y mugrientos, que se aprestan a ser demolidos, que habían perdido la gracia. Ya no pintaban nada ni daban color. Muchos servían de vertedero de basura. Era una ciudad sórdida, que languidecía con sus habitantes. Era la ciudad del día siguiente del jolgorio, la ciudad de la resaca.

Los hoteles abandonados adquirieron las condiciones de hogar para ancianos judíos que vivían del Seguro Social. Allí se les veía en las bancas de los parques, caminando con paso de plantígrados por las calles, cubriéndose del sol con un sombrero y portando en la nariz un triángulo de cartón, en parejas o sentados en los porches mirando el horizonte. El promedio de edad de los habitantes del sector era de 62 años.

*

Sexy y peligrosa

La década de los 80 encontró una ciudad colapsada. Nadie quería invertir en South Beach.

En los primeros años de los 70 el distrito había alcanzado el "Registro Nacional de Lugares Históricos", pero como no se preservaron los edificios antiguos ya que se hacían necesarios leyes y reglamentos locales, la señora Barbara Baer Capitman, venida en 1973 de Nueva York, inició junto con Linda Polansky y otros entusiastas, un movimiento de preservación. Después de una intensa lucha contra los promotores inmobiliarios interesados en demoler y construir nuevas edificaciones acordes con los tiempos, se creó *The Miami Beach Design Preservation League*, en 1976. Al final, el diseñador Leonard Horowitz restauró muchas de las fachadas con los colores pasteles y las apariencias originales en busca de la identidad perdida.

Barbara Capitman, como se ve en las fotos de las protestas, escoltada por la policía y con una montaña de papeles o parada con un paraguas rojo y un ramo de flores frente al Cavalier, contabilizó unos mil edificios, en unas veintitrés manzanas, dentro de la tendencia *Art Deco* y apoyada por una comunidad gay sensible a la preservación, inició una lucha por salvar el área que llevó a los manifestantes a encadenarse a las edificaciones ante la acometida de bolas de demolición, excavadoras y grúas.

El hecho de la inminente demolición del hotel The Senator, construido por L. Murray Dixon en 1939, en la avenida Collins y la calle 12, para la construcción de un estacionamiento, fue un evento crucial que dividió el punto de vista de los inmobiliarios, muchos de ellos, los avispados, cambiaron la posición radical de derribar la zona y vieron, en cambio, una novedosa posibilidad lucrativa en el futuro.

Las bajas rentas habían hecho que fotógrafos, artistas plásticos, escritores, productores y realizadores de audiovisuales tanto de TV como de cine y video se hubieran ubicado en South Beach.

*

La ruina es una atmósfera y como tal tiene su encanto. Le sirve a la fotografía y a la publicidad para establecer contrastes. En el caso de Miami Beach eso sucedió con la ciudad en los 80. Pasó a ser un amplio telón de fondo para las fotos de modelaje y publicidad. Por poner un ejemplo: el fotógrafo Bruce Weber retrató en 1985 a seis modelos frente al Hotel Breakwater y aquellas caras a la luz de South Beach y el Art Deco fueron las de un perfume de Calvin Klein, y la acción ha sido un referente a la hora de hablar del tema.

Uno de los lugares ideales fue Española Way. La callejuela hecha más para caminar que para el tránsito vehicular con sus aceras abarrotadas de mesas de restaurantes y cafés, los toldos de rayas, la arborización, sus trabajos de herrería, los pilares, los arcos, los faroles, las tiendas, el Hotel Clay y el Hostal Internacional para Jóvenes sirvió para tal efecto y además del hito televisivo de Miami Vice apareció (y ha seguido apareciendo) en cintas como Porky's, Chains of Gold *(Cadenas de oro) con* John Travolta, The Birdcage *(La jaula de las locas) con* Robin Williams, The Specialist *(El especialista) con Sylvester Stalone y* Sharon Stone, Confessions of a Shopaholic *(Loca por las compras); en series de TV del talante de* Dexter *y* Burn Notice; *y en videos como en el que aparece Elton John cantando* A Word in Spanish *y el de Ricky Martin y Eros Ramazzotti en* Non Siamo Soli. *Larga es la lista.*

Hollywood puso el ojo de sus cámaras a rodar en Española Way como un escenario que no tenía que construir, sólo pintar, cambiar los colores beige y terracota por un melocotón

179

cinematográfico, más taquillero, en que habían estado de acuerdo Linda Polanski, que había adquirido la acera sur de la calle con la joya de la corona El Hotel Clay, y el director de arte y producción Mel Bourne. Aquí se llevaron a cabo varios de los capítulos de la serie televisiva Miami Vice con Don Johnson, Philip Michael Thomas y Edward James Olmos en los papeles de James "Sonny" Crockett, Ricardo "Rico" Tubbs y Martin "Marty" Castillo, respectivamente.

Las cinco temporadas de Miami Vice, de 1984 a 1989, cuyos capítulos se transmitían los viernes por la noche, pusieron a Miami en la cresta de la ola de las series televisivas e interesó a un país que quería una gran dosis de adrenalina regalándoles una ciudad "cool, sexy y peligrosa". Podría entenderse de que si se quería vivir con intensidad, habría que vivir en el peligro, y de eso Miami tenía suficientes ahorros.

*

En los 80, el condado de Dade experimentó cinco situaciones, casi una seguida de la otra, que marcaron su historia y, en mayor o menor escala, repercutieron en Miami Beach: la llegada masiva de refugiados cubanos que salieron del Mariel después que el gobierno de Fidel Castro permitiera que unas ciento veinticinco mil personas abandonaran la isla en todo tipo de embarcaciones, entre los que había delincuentes y enfermos mentales; las olas de protestas de los residentes de Liberty City y otros barrios negros por el sobreseimiento a los policías que habían matado a un vendedor de seguros, con un gran saldo de muertos, heridos y cuantiosos daños materiales; las decenas de balseros haitianos que llegaron a las costas; la aprobación de una legislación que prohibía gastar dinero público en programas administrativos y escolares que no fueran en inglés; y la guerra de narcotraficantes por el control del ingreso y mercado de la cocaína, elevando los índices de violencia y asesinatos hasta primer lugar en el país. "Paraíso perdido" tituló la revista Time.

*

South Beach pasó a ser tan peligrosa que nadie se arriesgaba a transitar en la noche sin temer por su seguridad personal. Era el crujir y temblar de dientes (y rodillas). El panorama de la ciudad era de destrucción y criminalidad. La comunidad estaba presa en sus propias casas. La gente mayor que vivía en la zona terminó por abandonar su hogar.

Ante los hechos nunca jamás vistos de crímenes, robos en vivienda y de autos, asesinatos, tráfico de droga, extorsión, el sistema judicial se vio sobrecargado, no había espacio para tantos presos y un día los policías detenían a un delincuente y a los pocos, estaba de nuevo en la calle. La muerte, en ese desenfreno, no sólo alcanzó a los ancianos, sino a la policía.

*

Un nuevo despertar

Al entrar los años 90, Española Way era una calle totalmente vehicular en donde los fines de semana no había acceso al tránsito de autos y se instalaba un mercado artesanal con productos étnicos, venta de flores, artículos hechos a mano, gafas y vestidos.

La vía a pesar de las transformaciones que se dieron a su alrededor mantuvo su imagen de escenario bohemio. A la par de pequeños restaurantes, tiendas, cafés y hasta clases de yoga, algunos locales fueron adquiridos por artistas plásticos para montar sus modestos estudios y otros se hicieron en el Art Center.

*

Después del huracán Andrew algunos íconos de South Beach apenas despertaban, se sacudían, eran remodelados. Las renovaciones se dieron a diario. Se dotó de más carriles al viaducto MacArthur; ampliaron Ocean Drive para el tránsito vehicular en dos sentidos; se hicieron visibles sitios como News Cafe con clientes famosos que sorprendían al transeúnte y que ofrecía periódicos de muchos lugares del mundo; y espacios como Lincoln Road fueron maquillados, esta vez, a cargo de Marta Schwartz.

De acuerdo a quienes sintetizan las décadas por lo más representativo, en ésta arribaron los "personajes" de moda en el mundo de la farándula, quienes adquirieron casas en las islas Fisher, Palm, Star, Hibiscus, entre otras. Llegaron oleadas de inmigrantes de Latinoamérica y turistas europeos en masa.

Los salones de los hoteles que algunos esperaban mantuvieran la estética y las características de los tiempos pasados, innovaron, compitieron con las grandes discotecas, las megadiscos que revolucionan el concepto de la diversión nocturna (que se prolonga hasta el día siguiente en una especie de noche sin fin). Una gran comunidad gay inauguró clubes, hubo "drag queens" por todas las cuadras, por toda la ciudad explayaron su ambiente. En cada esquina se apostó un muchacho que repartía a los transeúntes tarjetas brillantes con la información de un nuevo sitio en donde divertirse.

Este renacer hizo que las firmas inmobiliarias vieran en South Beach una nueva veta para sus intereses y no sólo empezaron a construir novedosos edificios, torres, condominios, en especial en South Pointe y West Avenue, sino que de alguna forma crearon una "gentrificación" que llevó a que se dispararan los precios de los apartamentos y las rentas. Como consecuencia los artistas y los inmigrantes (legales e indocumentados) que trabajan para hoteles, tiendas y restaurantes empezaron a buscar otros lugares menos costosos.

A la burbuja inmobiliaria se sumó la del espectáculo. Miami Beach era la Meca de la industria discográfica. Y era el mercado de las artes plásticas, de tal manera que aparecieron una serie de galerías, estudios de artistas, salas de exhibición y noches de exposición tal como se llevaban a cabo en Coral Gables y, en parte, en el Design District.

Para finalizar la década un hecho delictivo estremeció a quienes tenían cifradas sus ganancias en lo que ofrecía aquel sector ganado para el turismo: el asesinato de Versace, en julio del 97, en la puerta de su mansión, la Villa Casuarina, que era parte de la historia de la renovación urbana del sector e imán para más visitantes famosos. La casa ha pasado a convertirse en lugar de "peregrinación" de los turistas que visitan Miami Beach, tal como se les muestra en Española Way el hotel en donde quedó el cuartel general de Al Capone. Y vuelven las fotos y selfies.

*

El tan esperado año 2000 que tenía a Miami Beach como Silicon Beach —por la proliferación de portales o sitios de Internet, los "puntocoms" que se establecieron en diferentes locales del área sur de la ciudad, en particular en Lincoln Road— se vinieron abajo.

Y unos años después, entrado el nuevo siglo, otras burbujas explotaron: la de la gran factoría de la música y el espectáculo y la del arte con el cierre de galerías. Apenas subsistieron pequeños estudios de artistas tanto en los Art Centers de Lincoln Road como en Española Way.

A cambio, en los últimos tiempos, en las dos últimas décadas del siglo XX, la ciudad dio paso a la realización de festivales que han ido desde los de Hip-

Hop, música urbana y electrónica (Winter Music Conference/ Miami Music Week), de cine como a ferias tales como *Art Deco Weekend,* el *Food and Wine* o actividades como la celebración del Cinco de Mayo. Pero también se fortaleció lo cultural con eventos masivos como *Art Basel,* New World Symphony y su *Wallcast,* Miami City Ballet, el Bass Museum, *Sleepless Night,* la variada programación de la Regional Library, la Cinemateca. Y otros que con deseos y buenas intenciones como dijo Robert Musil "salaron el alimento cultural" a pesar de los hipertensos de siempre.

El turismo se afianzó. Aparecieron nuevos hoteles; otros fueron restaurados y rehabilitados. Hubo una gran inyección de capitales europeos. Los gays al sentirse perseguidos y que corrían peligro tras las apariciones más frecuentes de grafitos en las paredes en que se les insultaba y posteriores actos de violencia, decidieron mudarse a Fort Lauderdale. Se construyeron edificios, condominios, *parqueaderos,* teatros, centros comerciales, se inauguraron espacios como el de South Pointe y obras como las de Frank Gehry y Herzog & de Meuron.

A la población local de colombianos, cubanos y centroamericanos, se le unieron peruanos, argentinos, uruguayos, brasileros y venezolanos, algunos de estos grupos aprovechando la Visa Waiver que no exigía visa para ingresar y luego, permaneciendo aquí, terminaron por quedarse. De ahí nacieron sitios como Little Buenos Aires en el Norte de Miami Beach. Los hispanos pasaron a constituir el 53% de la población.

*

"Por mucho tiempo sólo tuve que esperar para hacer amigos, pocos en Miami Beach, la mayoría eran colombianos residentes en otras ciudades o conocidos del pasado que se habían mudado al sur de la Florida y que pensaban que Miami Beach era el fin del mundo. Por entonces y después me he mudado —aún en contra de mi voluntad— unas nueve veces sin salir de South Beach, movida que es rutinaria entre los habitantes de esta ciudad de arriendos costosos".

"Poco a poco vi emerger a Miami Beach, dejar el lastre de que su futuro había sido su pasado glamoroso. En lo personal, como observador del hecho urbano y social, me alimenté de esa metamorfosis y como residente, mi relación con la ciudad se fue consolidando y me fui apropiando de ella con sentido de pertenencia, sin que por esto haya dejado de amar a mi ciudad natal, Barranquilla, ni dejé de ir a darle una vuelta de vez en cuando a mi familia y reencontrarme con los amigos que quedaron en aquella otra orilla y me preguntaban cuándo regresaría al patio".

"No sólo asumí mi residencia permanente en Miami Beach, sino que adopté una nueva nacionalidad sin perder la colombiana".

"A partir del 2000 se abrieron otros capítulos. A mi regreso de un viaje a Colombia encontré que el portal para el que trabajaba por entonces, después de haber pasado por una revista de arte que quebró cuando estalló la bomba del mercado de obras artísticas y en un "periodiquito" con sede en Broward, pero que yo escribía desde mi apartamento, había desaparecido del mapa con mi sueldo del último mes, con sus oficinas y hasta del Internet. ¿O era que nunca había existido, era una realidad virtual? Sin embargo, algo me dejó a cambio:

conocer mejor a Miami Beach. No desde lo físico que ya mis gastadas suelas reconocían como suyo, sino el devenir de su historia y acontecimientos, pues mis artículos para el "puntocom" de marras tenían que ver con ello".

"Y luego estar a cargo de *El Inmigrante en Español,* un periódico sobre noticias y procedimientos inmigratorios y, más tarde, en la mesa de redacción de *El Nuevo Herald,* siguieron poniéndome al tanto del pulso de Miami Beach, por donde le había entrado el agua al coco hacia lo multicultural y global de la ciudad. El resto lo hizo mi condición de ratón de biblioteca, ya Collins no sólo era una avenida, ni Lummus un parque, ni Fisher una isla como piensan muchos a los que escucho decir que están aquí para "resolver" no para una clase de historia, *bro.* En definitiva, que vivirán y trabajarán (y hasta gozarán) sin comprometerse, sin invertir nada; sin la menor intención de quedarse y, muchos menos, de saber en dónde realmente están viviendo. Y me aficioné a leer libros sobre la ciudad, a guardar datos, a ver fotografías de todos los tiempos, a enterarme en detalle qué había pasado en cada década".

"Tanta fue la influencia que, de repente, en el libro de cuentos que reescribía por tercera vez, la ciudad se transformó en Altonia Beach, una ciudad alterna, surgida de la reverberación de un verano fastidioso, un reflejo en un espejo, un trampantojo, una imagen diplópica de Miami Beach".

"En esos cuentos los personajes podían vivir en dónde yo había vivido y amado, transitar por las calles de South Beach, detenerse en los edificios *Art Deco,* alojarse en los hoteles que ya la pica del progreso había borrado, sentarse en la banca en donde Juan Ramón Jiménez miraba el mar del atardecer al final de Lincoln Road, comer tal vez en el restaurante judío de Collins y la 22 en donde Isaac Bashevis Singer iba en su largo paseo vespertino después de mirar las vitrinas en Bal Harbour, asistir al teatro en que leyeron tres Premios Nobel: Octavio Paz, Czeslawz Milosz y Derek Walcott, revivir la tarde que escuché a Luciano Pavarotti en la playa, echar un pie en los sitios que ya no están como en aquellas noches de latin jazz con Miguel Cruz en el timbal y Dayamí en la voz, frecuentar los bares de jazz que desaparecieron para dar paso a tiendas de ropas, caminar por un *boardwalk* que aún era en su totalidad de madera desde donde mirar el mar sin que lo entorpecieran las matas que le han sembrado ahora…, que se yo, lo que se pierde, por ejemplo, en un huracán categoría cinco".

*

Un nuevo recorrido

Las mañanas en Española Way son tranquilas. Se respira un aire de serenidad. Parece una callecita más detenida en el tiempo. Escondida en el propio costillar de South Beach. Con árboles en las aceras. Con algunas bicicletas atadas a un poste. Quizás un turista sin mucha información pase de largo por la avenida Washington sin notarla. Pero si se le diera por cruzar la esquina se sorprendería con su hallazgo: no corresponde al resto de su recorrido.

La tarde trae más transeúntes. Un bus de turismo de dos pisos se detiene a un lado de la calzada y desde lo alto el guía muestra algunos de los sitios emblemáticos por sus "legendarios" personajes, dice de la arquitectura, cuenta su historia con tres pincelazos. Hay pequeños grupos de turistas que caminan de arriba abajo, toman fotografías; otros buscan puestos en los restaurantes.

Cuando cae la noche, la calle se enciende. Literalmente. Unas hileras de bombillas entretejen su cielo y la iluminan con una luz amarillenta de feria. A medida que van pasando las horas se va caldeando el estrecho espacio, pero sin alcanzar las altísimas temperaturas y decibeles de otras áreas de South Beach. Más si se trata de un fin de semana. O cuando pasa a ser escenario para las distintas presentaciones musicales en la celebración del Cinco de Mayo mexicano como ha sucedido en los últimos años.

En un recorrido de punta a punta —en una imagen temporal— se encuentra a la derecha del caminante un restaurante con la "memorabilia" cubana, habanera, mientras enfrente corresponde a la mexicana y después de la puerta del Hotel Clay, una fila de restaurantes pequeños. Unos pasos más allá los cantos que se escuchan son los de los meseros italianos que reciben a los comensales. Pero también hay varios cafés, tiendas de cigarros, de gafas y de ropas, heladerías, joyerías, un salón de belleza, sitios de comidas peruanas, brasileras y japonesas... Y más allá de un restaurante español, con clases de baile flamenco, tango y salsa y show en vivo, después de una pequeña plazoleta que aguarda por una fuente ofrecida por una ciudad hermana y antes de que comience el área netamente residencial se encuentra un hotel y un pequeño restaurante francés. La cinemateca que hizo parte de esa cuadra, hace ya algún tiempo se trasladó a la avenida Washington.

Donde quedaba el Art Center ahora hay un nuevo hotel.

*

Para Miami Beach, ciudad de los vaivenes, eso que unos van y otros vienen (el resto son turistas satisfechos que traerán más turistas) se ve plasmado en el argumento de Mañana no te veré en Miami, *novela del escritor peruano —residente en Miami Beach— Pedro Medina León. Cuando ya uno cree que ha hecho un amigo, un amor o empiezan algunos rostros a parecer conocidos, algo se precipita para que eso no prospere: "la trashumancia". Es decir, que la persona busque otro sitio en donde "ubicar mejor a la familia y a la mascota, tu sabes, los chicos"; que sólo se trate de una época de tránsito en un ciudad que nunca consideraría destino final ni adoptaría; que haya un regreso al país de origen de manera voluntaria "pues la situa ya cambió" o a la fuerza tras una carta de Inmigración: como cuenta el argentino Lizárraga sobre lo que acontece en Española Way, esa "área chica" a la que la policía hubo un tiempo en que tuvo que poner orden porque había "mucha merca, muchas putas y mucho quilombo" o lo hicieran los oficiales de Inmigración como el caso del mexicano Campos, un vendedor de rosas amarillas y declamador de poemas, que un día cualquiera desapareció tras la redada de "la migra".*

*

"Para la pregunta '¿Qué hago yo aquí?', que no me hice en un cuarto de siglo de permanencia en South Beach, ni aún en las peores circunstancias, se contrapuso a la que tantas veces me han lanzado dentro del viejo estereotipo de en dónde debe vivir un escritor, un poeta, un artista: '¿Y vives en Miami?' —Beach, agrego para mayores prejuicios—. ¡Qué haces tú ahí!'"

"Pareciera que uno o es un intelectual o un negociante o un turista. Me sucedió en Europa en una reunión de escritores, traductores, editores e intelectuales en que un fotógrafo francés —a quien apenas conocía,

189

después nos hicimos amigos— no pudiera entender que me dedicara a hacer dos de las cosas que más me gustan residiendo en Miami Beach: leer y escribir, y no viviera en París, Madrid o Nueva York".

"En su libro sobre Miami, Hernán Iglesias Illa apunta que 'la vida de la playa y placer es, con la ambición intelectual de los climas fríos, una vida menor". Desconocen la cita latina: *Primun vivere deinde philosofari*, lo que traduciría mi abuela Inocenta Daza como: '¿No han oído decir que en el mar la vida es más sabrosa?'"

"Por su parte el protagonista de la novela de Roberto Quesada, *Nunca entres por Miami*, reflexiona desde la fila en el trámite inmigratorio para ingresar a los Estados Unidos, sobré qué es lo que tiene esta ciudad y supone que "ha de ser bonita", pero enseguida se lamenta de no conocerla, por no poder quedarse: "Es una pena que sólo esté en el aeropuerto, pero para un artista dicen que lo mejor es Nueva York". No se ha enterado de que con Gaugin el centro del arte está en donde uno esté creando, palabras más o palabras menos".

"Pues no he dejado de escribir un solo día desde que llegué a esta ciudad, no he dejado de asistir a su biblioteca —en donde dicto talleres de escritura creativa— como si se tratara de un templo, no he dejado de encontrar entusiastas artistas de diferentes nacionalidades, no he dejado de reunirme con gente intelectualmente brillante, no he dejado de aprovechar —además de mar y cielo y clima y gente—, lo que se me da culturalmente y sigo creyendo que la gente sabe muy poco de Miami y de Miami Beach, aunque crean que saben mucho".

"He hecho de Miami Beach mi ciudad desde el momento en que una esquina empezó a significar algo para mí, en que hice los primeros amigos, en que enterré el primer muerto que significaba algo en mi vida, en que apareció en mis escritos, en que me alegró algún cambio urbano, en que me entristeció la perdida de algún sitio, en que me asustó el primer huracán o me molestó más de la cuenta el tráfico y después de una lluvia se inundó la calle, cuando no estuve de acuerdo con los políticos, cuando me dolió que un policía disparara contra un muchacho indefenso que pintaba un grafito, cuando tomé un taxi manejado por un haitiano con gran sentido del humor, cuando lo mejor de todos mis viajes al extranjero fue el regreso y el beso que me esperaba en el aeropuerto, cuando desde el balcón de mi apartamento pude ver el mar nuestro de cada día y los barcos y los aviones que se aproximaban tachonando el cielo, cuando dí gracias de no estar en una ciudad—museo y cuando llegué a la conclusión que si no es porque no sucederá en los próximos años —y si es que llega no tendré vida para verlo— estaría aquí hasta que el apocalíptico cambio climático nos separe y este *Titanic de Fisher* se hunda en el océano… Miami Beach es como el amor que se le tiene a alguien que después de conocer sus defectos —porque las virtudes son las virtudes— y a pesar de ellos, la sigues queriendo con alma, corazón y vida."

*

Caída del último bastión de un soñador

Lo que comenzó hace 25 años en el edificio marcado con el 405 de Española Way como un sitio que exhibía artes plásticas, y que con el paso del tiempo se fue constituyendo en un centro de arte que albergaba pequeños estudios habitados por artistas locales de

191

diferentes técnicas y estilos que pagaban un renta mínima en los tres pisos, ha perdido la batalla. Durante estos años, en gran parte del día, las puertas estuvieron abiertas en una invitación permanente para que quienes pasaban por ahí o se asomaban a curiosear, se adentraran a la charla con los creadores.

Pero el Art Center se vio resignado a desmontar las obras y cerrar para siempre como si el sino de esta villa soñada en las primeras décadas del siglo XX como una colonia de artistas por N.B.T Roney pudiera seguir siendo las muchas cosas que ha sido: una calle resaltada por su arquitectura, cambiantes en los usos del suelo, sitio de fiestas y festivales, cuartel de mafiosos, centro de la rumba, hospedaje de soldados, escenografía de películas, atracción para los turistas, albergue para jóvenes viajeros, lugar para ferias y eventos y... Ya un aviso publicitario de 1924 distinguía al Pueblo Español de Española Way: "En todo el mundo no hay un lugar más pintoresco".

Entonces me imagino al periodista o escritor — tal vez mi *alter ego*— que un día llega al atardecer atraído por la fama del Histórico Pueblo Español de Española Way, pide una cerveza y despliega el tabloide *The Miami New Times* mientras espera se encienda la bohemia nocturna en South Beach para tener más material para sus crónicas, para sus libros, para sus cuentos. En su lectura se entera, en un artículo firmado por Carlos Suarez De Jesus (así, sin tilde, señor editor), que uno de los propietarios de la edificación en donde había funcionado el Art Center, el último reducto del sueño de que hubiese artistas en esa calle, ha finalizado un plan para renovar la propiedad y reformarla de tal manera que funcione un hotel de ocho unidades y de esta manera entrar a este Siglo XXI que le corresponde a Española

Way, en donde quizás se siga representando la historia de la "sisífica" Miami Beach.

La fiesta que fue South Beach

J.C. Pérez-Duthie

El irresistible carnaval del exceso que arropó a Nueva York durante los años 80, llegó súbitamente a su fin con el advenimiento de una nueva década. En South Beach, sin embargo, el derroche estaba por comenzar.

Como estudiante de la universidad Fordham durante esa época ochentosa, alcancé a experimentar los últimos atisbos del jolgorio neoyorquino antes de entrar en resaca. Ya al final, la ciudad parecía sumirse en decadencia para nada glamurosa.

En su ocaso, la notoria discoteca Studio 54 renacía como Palladium, pero ni un nuevo nombre, decoración y ritmos podían borrar la pátina del aburrimiento. Los clubes Limelight, Cat Club, Area y The Tunnel, suculentos refugios de fin de semana para disfrutar de la música bailable mucho antes que la figura del DJ se convirtiera en vedette, mostraban su desgaste. El alcalde Ed Koch, en su tercer término, había perdido lustre, y ni siquiera su simpatía lo salvaba. El sida y el crack hacían estragos. El Bronx todavía ardía. Y las tensiones raciales alcanzaban punto de ebullición. En 1987 había fallecido Andy Warhol, y con la muerte de uno de los pioneros icónicos del arte pop, se hablaba del fin de las escenas artística y nocturna. Todo se había vuelto tan emocionante como una sopa de lata Campbell's.

¿Qué hacer entonces?

Mudarse a South Beach.

Dejar Nueva York por el sur de la Florida equivalía entonces a ciencia ficción: era como montarse en una nave, abandonar un planeta fantástico pero distópico, y aterrizar en un satélite donde, al menos para el nuevo visitante, todo era desconocido, pero a la vez brillante, colorido y prometedor.

Lo cierto es que South Beach había vivido su propio apocalipsis y le tocaba resurgir de las cenizas.

Preservando lo inigualable

Por suerte, en las historias de desesperanza, a veces aparecen héroes de verdad, y uno aquí fue Barbara Baer Capitman, que impulsaría la noción de que había que preservar la arquitectura *Art Deco* y lucharía para hacerlo fundando con otros amantes de este estilo la Miami Design Preservation League en 1976.

Capitman falleció en 1990, poco después de yo haber llegado a Miami y de mudarme a esa isleta al otro lado del puente MacArthur. Ella no pudo disfrutar a plenitud de la transformación que había ayudado a desatar en South Beach, pero tantos otros como yo sí pudimos. Eran los tiempos en los que hallar estacionamiento distaba de ser odisea. Cuando los precios de los alquileres invitaban a cualquiera a mudarse al área. El flujo turístico no era el anatema que es hoy. Y los embotellamientos de tráfico rara vez despertaban instintos criminales.

Me instalé a gusto.

La primera propiedad que compré en mi vida fue un pequeño condominio de una habitación y un baño en uno de los pocos edificios *Art Deco* que habían sido renovados en ese entonces en La Playa. De un verde menta claro, rodeado de enormes palmeras y a pasos de un Lincoln Road que empezaba a salir de su estupor, el Don-Bar, de 1937, era para mí un oasis.

Justo lo que necesitaba alguien que no había tenido auto en Nueva York por cuatro años, y que ya fuera en Greenwich Village, Chelsea, SoHo, Chinatown, u otros barrios de la ciudad, vivía a plenitud a pie.

South Beach igualmente ofrecía esa posibilidad.

Muchas veces desierto por el día, Lincoln Road era una curiosa combinación de tiendas con olor a naftalina que se aferraban al pasado y nuevos negocios que auguraban una explosión de creatividad. Una antigua tienda de cigarros o de ropa de cama convivía junto a un estrenado taller artístico. Pintores y escultores, *thrift stores* y boutiques de consignación, barcitos y uno que otro restaurante, como The Beehive, imbuían al paseo peatonal diseñado por Morris Lapidus de aires renovadores y emocionantes.

Los que vivíamos ahí sentíamos que algo estaba pasando, si bien no sabíamos del todo qué ni cuán profundo serían los cambios. Por supuesto, retrotraerme al pasado y mirar ahora por el lente rosado de la nostalgia no significa que, sobre todo para quien había hecho de

Nueva York su parque de juegos, no hubiese carencias ni problemas en South Beach.

Pero era fácil aclimatarse, enamorarse y convertirse en miamense playero en tiempos en los que no existía la Internet y se buscaba tener contacto real con la gente; los teléfonos móviles eran cajas de zapatos que pocos querían llevarse al oído; y un paseo en bicicleta por Ocean Drive era tan relajante como una siesta.

El universo de seres que fui conociendo en South Beach hacían el entorno más fascinante y cautivador que cualquier programa de telerealidad que pueda embobarnos hoy. Había personajes incomparables, creadores inconscientes de su propio folclor, como Irene Williams, diminuta anciana encorvada que circulaba por Lincoln Road todos los días vestida en rimbombantes atuendos y sombreros hechos por ella misma, muchas veces en monocromáticas explosiones que la hacían lucir como una uva o un limón verde; embaucadores y soñadores, artistas y publicistas en ciernes, tatuadores y *restaurateurs*, modelitos y promotores de fiestas, muchas de estas personas de pueblos pequeños y con enormes ganas de reinventarse, creándose mitologías fabulosas con las que pretendían ocultar sus orígenes humildes, o sospechosos, o simplemente, poco seductores.

Entonces estaban los chicos, un público mayormente gay que fue cohabitando con los ancianos, los desamparados, los excéntricos, los refugiados cubanos que en 1980 habían llegado por el llamado éxodo del Mariel y que habían servido de inspiración para la película *Scarface*.

Para quien amaba la vida nocturna como yo, fue nirvana además redescubrir que mi pasión por las aventuras de la noche no se había congelado eternamente en algún gélido invierno de Nueva York.

Clubes para todos

Una salida tardía podía arrancar en el 245 de la Calle 22 de South Beach, o sea, en Club Nu (antiguo Embers, frecuentado por artistas del viejo Hollywood), ampuloso pero divertido, de estilos y ritmos ochentosos, donde la temática cambiaba cada tres meses, promotores como Louis Canales encandilaban con sus fiestas y se presentaban artistas de renombre (Rod Stewart), de menor categoría (Exposé) y hasta los olvidados (Tiny Tim).

Yo prefería el más pequeño y discreto Paris Moderne, en Washington Avenue, con el atractivo principal para cualquier fanático de la arquitectura como yo, de que este edificio que databa de 1935, había sido creación de Henry Hohauser, uno de los más destacados arquitectos de South Beach.

La camada de ofertas era variada, no siempre la mejor, pero en aumento: estaban Scratch, Woody's, Island Club, Garage South Beach. Quienes habíamos tenido nuestra etapa gótica, nos sentíamos a gusto como murciélagos en cueva en Kitchen Club. Y por supuesto, nadie, ni borracho ni sobrio, podría olvidar el legendario Club Deuce, frente a Tattoos by Lou. Más que un club, era un bar cuyo piso se le pegaba a uno a los zapatos, el hedor a cigarrillo se convertía en segunda piel, y donde un motociclista, un fisicolturista y un travesti se sentaban en la misma barra para darse un trago.

De esos clubes en cuyas pistas de baile se mezclaban sin mucha distinción etnias, géneros, credos y orientaciones sexuales, se pasó a espacios más específicos, designados para gustos particulares, y así florecieron los clubes gay o *gay friendly* con favoritos como Hombre, Les Bains Douches y Torpedo. Durante mucho tiempo, Washington Avenue, a la altura de la Calle 12, contó solamente con lo que había sido un viejo cine convertido en discoteca, Club Z, luego 1235 y, siguiendo la demografía cambiante de ese creciente público gay, Paragon, en el edificio que años después ocuparía Mansion. Habría otras encarnaciones en ese mismo establecimiento: Deco's, Passion, Glam Slam y Level.

De Varsovia con amor

Pero el club que más acaparó mi atención y la de tantos otros, fue The Warsaw Ballroom, previamente las discos Ovo, China Club y Rhythm Club. El edificio, en el 1530 de Española Way, y diseñado por Henry Hohauser, abrió en 1939 como Hoffman's Cafeteria. Vidas después, fue trampolín para los futuros DJs estrella Danny Tenaglia y David Padilla.

Cuando me percaté del boom artístico, creativo y gay que había en lo que algunos llamaban "Sodoma junto al mar", escribí un artículo periodístico para el diario *El Nuevo Herald*. Más que material de reportaje, o cuestión de crónica, sin embargo, ese era mi vecindario. Y sería tan especial para mí como aquella Nueva York de los 80.

En "El salón de Varsovia" la música actuaba como afrodisíaco. Los baños los frecuentaban personas de ambos sexos a la vez, y el código de ropa parecía ser mientras menos, mejor. En una ocasión vestí un *sarong*, y pronto descubrí lo difícil que es bailar con eso puesto. En otra, la única vez que hice *drag*, para una fiesta de

200

Halloween, me disfracé de un cruce entre bailarina de ballet y amazona. Un amigo maquillista y estilista me preparó, y cuando me bajé de un taxi frente al club, con tacones tan altos que casi me paralizan del dolor y un abanico de mano del tamaño de un niño, desperté más aplausos, elogios e interés que jamás en mi vida. Vaya a saber por qué.

Los espectáculos en vivo en Warsaw eran otra característica de su hedonismo sempiterno, y aunque el club no tenía el monopolio en desparpajo —a mediados de los 90, Amnesia (136 Collins Avenue), dejaba boquiabierto a uno con sus fiestas de espuma— lo que subía a escena era imposible de olvidar, a la manera de accidente automovilístico: uno no podía evitar ver los actos, sin importar lo bizarros, grotescos o vulgares que fueran.

Allí descendían como deidades intergalácticas de los mundos gay, *underground* y del diseño Susanne Bartsch (con su minimarido musculoso David Barton, creador de los gimnasios del mismo nombre); go-go boys de todos los colores y sabores; el diseñador francés Jean Paul Gaultier; caravanas de drag queens; criaturas inexplicables como Constance; gente de obesidad circense y enanos sacados de una película de Fellini; recreaciones de orgías romanas; animales en vivo; y Lady Hennessy Brown, cuya gracia era sacar y meter artículos diversos en sus orificios, creando efectos especiales que ni una computadora se animaría a recrear hoy. Sólo faltaba Nerón tocando el violín.

La industria del modelaje, el interés arquitectónico, la publicidad internacional, clubes de dudosa reputación y gran poder de convocatoria como Risk y Liquid, y la presencia de celebridades —Bruce

Weber, Paloma Picasso, Chris Blackwell, el príncipe Alberto de Mónaco, Mickey Rourke, Madonna y David Geffen, entre muchas otras— cimentaron el aura de South Beach como destino único a nivel global.

Pero toda fiesta tarde o temprano tiene que terminar, y South Beach no fue la excepción.

Así, entre el asesinato de Gianni Versace en 1997, el declive de la presencia de modelos y *photo shoots*, el éxodo de muchos gays, la devastación del sida, el aburguesamiento que vino con nuevas construcciones y miles de personas mudándose al área, el aumento en alquileres, una sobreexposición mediática y un cansancio generalizado, South Beach dejó de ser lo que era para nuevamente transformarse.

¿Transformarse para bien? ¿Para mal? Cada cual juzga según el tiempo en que lo tocó vivir. Yo me fui a principios de los 2000, y no miré hacia atrás. Pero, según termino de escribir estas líneas, me doy cuenta que sí, un pedazo de mí se quedó para siempre en South Beach.

¿Y el Warsaw Ballroom?

Durante los 2000, pasó a ser un *delicatessen*, Jerry's Famous Deli, y después... el restaurante Señor Frog's. Casi regresó a sus días de cafetería, lo que demuestra que, en efecto, todo vuelve a los orígenes.

El Flamingo de South Beach

José Ignacio Valenzuela

El taxi se detuvo al menos una cuadra antes de llegar a la puerta. Al principio pensé que se había equivocado, que iba a dejarnos en un lugar distinto al que le pedimos en el aeropuerto, luego de subirnos al vehículo cargados de maletas, bultos y un cansancio de fin de mundo.

—Disculpe, pero creo que la entrada es por allá —dije en el tono más amable que pude. Ya me habían advertido que no era buena idea discutir con los taxistas de Miami.

—No, aquí —replicó en un acento que no conseguí identificar. Y extendió la mano para que le pagara la carrera.

Anthony y yo nos bajamos del coche con una mezcla de rabia, desconcierto y agotamiento extremo que por poco nos hace acomodar nuestras maletas ahí mismo, sobre la Bay Road, para acostarnos a dormir entre los peatones que se iban aglomerando en la acera. Pero no: debíamos entrar al Flamingo, ubicar al agente de bienes raíces que nos daría las llaves del departamento que habíamos rentado *online*, firmar un cerro de papeles que no pretendía leer y entregarle por fin un cheque que cubría los tres primeros meses de alquiler.

Nos echamos a andar rumbo a la puerta del edificio, arrastrando el equipaje y los pies.

—¿Habrá habido un accidente? —preguntó Anthony cuando alzó la vista y se encontró con el gentío que alborotaba ruidoso en torno a la caseta de ingreso.

La verdad, no supe bien qué responder. Me detuve unos segundos para tratar de entender qué estaba sucediendo frente al ingreso del Flamingo South Beach. Cuando escuché risotadas, descarté de inmediato un atropello, un choque o un asesinato. Nadie podía estar celebrando un chiste con un cuerpo desangrándose a sus pies. ¿O sí? Por suerte, la teoría de una desgracia se terminó por evaporar cuando empecé a descubrir botellas de tequila y cerveza que circulaban de mano en mano, y que una vez vacías iban a dar entre los matorrales llenos de lagartijas que bordeaban la reja del edificio. El rapeo de Pitbull me tomó por sorpresa cuando el *ringtone* del celular de una altísima mujer, que llevaba un vestido tan breve como un parpadeo, comenzó a sonar a todo volumen. Ella decidió dejarlo que sonara, para así poder improvisar un par de pasos de baile ahí mismo, frente a todos nosotros, junto al grifo de incendio y el estacionamiento de cientos de motos, scooters, Vespas y bicicletas. *Tonight I want all of you tonight / Give me everything tonight / For all we know we might not get tomorrow / Let's do it tonight*, se escuchó por la bocina del *iPhone* de esa rubia kilométrica que no podía ser otra cosa que una modelo rusa. Al instante, un puñado de otras mujeres tan altas y delgadas como su amiga se sumaron al jolgorio y se formó una ronda de machos algo ebrios que celebró con rugidos y aplausos los contoneos.

—¿Habremos llegado en mitad de alguna celebración? ¿Qué día es hoy? —volvió a preguntar

Anthony, soltando sin reparos su maleta para instalarse con toda propiedad a presenciar el espectáculo.

Cuando una enorme limusina Hummer de un vibrante color rosa chicle apareció por la calle 15 e iluminó de frente a la muchedumbre, los gritos aumentaron sus decibeles y todos terminaron por enloquecer. El conductor del vehículo se atravesó a lo largo de la calle, bloqueando el paso de todos los demás coches que pretendían circular por la Bay Road. Por alguna razón me acordé en ese momento del taxista, y de su categórica negativa para seguir adelante y estacionarse frente al Flamingo. De alguna manera, el hombre había presentido la feroz congestión que comenzaba a crecer por segundo. ¿O acaso antes ya había vivido una experiencia similar? Las puertas de la limusina se abrieron al unísono y una nueva estrofa del éxito del momento de Pitbull se escapó desde el interior, deslizándose por encima de los tapices forrados en piel de leopardo y sorteando con habilidad las luces LED que parpadeaban en torno a la carrocería: *Excuse me / And I might drink a little more than I should tonight / And I might take you home with me, if I could tonight / And, baby, I'ma make you feel so good, tonight / 'Cause we might not get tomorrow*. Los bocinazos de los furiosos conductores que no podían seguir avanzando por Bay Road se multiplicaron de manera exponencial, y se sumaron a los acordes de la canción que sonaba en un *loop* eterno desde los celulares y el interior de la Hummer.

—Aquí se va a armar una batalla campal— advertí, aterrado.

Pero no. Luego de que decenas de gritones saltaran al interior de la limusina, el chofer cerró las puertas, subió aún más fuerte el volumen de la música, dio un giro imposible por la primera esquina que encontró y el vibrante rosa chicle se terminó de perder en la oscuridad de la noche. Entonces, los demás coches pudieron retomar la marcha, Bay Road se vació de pronto y solo quedó una anciana de aspecto dulce y milenario que esperaba con toda paciencia a que su *poodle* tan pequeño como un monedero de peluche orinara tres gotas junto a la rueda de una Harley-Davidson.

Recién en ese momento terminé de atar las pistas y comprendí por fin a lo que me estaba enfrentando: a nada en especial. Solo a una clásica noche de viernes frente a la puerta de entrada de un edificio que se convertiría en mi hogar por los siguientes tres años.

Claro, de más está decir que a partir de ese momento nunca más se apagó la música de Pitbull en mis oídos. Maldita sea.

*

Visto desde el aire, el Flamingo tiene la forma de una herradura a la que se le han agregado dos alas laterales. Al centro se puede apreciar una enorme extensión de pasto siempre verde, bordeada de flores y palmeras iluminadas día y noche. Desde el enorme ventanal de mi departamento, ubicado en el piso doce, la vista es de postal de ensueño: a lo lejos, el perfil de los rascacielos de Downtown, el resplandor del mar de la bahía, los yates y motos de agua de los millonarios que viven en las mansiones construidas en las islas privadas, y el corredor peatonal por donde circulan sonrientes parejas que caminan tomadas de la mano a la hora del atardecer, cuando Miami entero se pinta de lila y naranjos furiosos.

Abro la puerta de corredera y salgo al balcón, para gozar de la humedad de mi primera mañana viviendo en el epicentro de Miami Beach. Al instante, el brutal repiqueteo de una retroexcavadora me taladra los oídos. Miro hacia abajo. Con horror descubro que una cuadrilla de albañiles y maquinaria pesada está comenzando a destruir lo que imagino era hasta ayer una de las dos piscinas que disponía el edificio, y han convertido lo que debió lucir como una hermosa terraza de *resort* en una suerte de despoblado campo de batalla. El tono alto de los obreros, más el rugido de los motores, se suma al olor a gasolina que me abofetea de lado a lado y me hace lagrimear los ojos. Y en medio del estropicio de la demolición, del aire enrarecido por las fumarolas y del polvo que sube hasta el piso 12, se escucha con toda claridad la voz de Pitbull que sigue cantando sin descanso, sin pausa ni sosiego, desde que puse un pie en el Flamingo: *Reach for the stars / And if you don't grab 'em, / At least you'll fall on top of the world / Think about it 'cause if you slip / I'm gon' fall on top yo girl...* Me meto a toda velocidad al interior del departamento y cierro de un golpe la pesada puerta de vidrio. Al instante, el ruido desaparece y la postal idílica vuelve a surgir del otro lado. Ahí está, otra vez, mi Miami perfecto.

El resto del día me la pasé pensando en la brutal diferencia que existe entre la realidad versus la imagen idílica que se esconde tras mis ventanas. Y en que Pitbull se debe estar haciendo millonario con la cancioncita esa, coño.

*

La noche de nuestro primer jueves en Miami, Anthony llegó furioso al departamento, saltando en un pie, porque había pisado mierda de perro mientras caminaba plácidamente por el enorme y siempre verde pasto del jardín del Flamingo. A pesar de que cada tres pasos se encontraba uno con un cartel que le recordaba a los dueños de animales limpiar cuando sus mascotas decidieran hacer sus necesidades, y de que había dispensadores gratis de bolsas para recoger las fecas, muchos hacían caso omiso de todo eso y seguían hablando por sus celulares mientras sus malcriados perros se daban la gran fiesta sin control alguno. Así mismo me lo gritó Anthony mientras lanzaba los zapatos dentro de la tina de baño y hacía arcadas al limpiar las suelas.

—¡Las reglas se hicieron para cumplirse! — exclamé en un arrebato de justicia.

No alcancé a terminar de hablar, cuando de pronto el departamento comenzó a temblar y la lámpara del baño a mecerse de lado a lado.

—¡Terremoto! —grité como buen chileno, pero al instante recordé que en Miami no hay temblores.

Anthony y yo nos miramos con total desconcierto. ¿Acaso las máquinas que destruían la terraza, allá abajo, seguían trabajando hasta esta hora? ¡Pero si eran más de las once de la noche! Corrí a la ventana y me asomé dispuesto a gritar a todo pulmón que suspendieran las detonaciones, que ya era suficiente, que este era un lugar civilizado donde la gente después de cenar solo pensaba en dormir y recuperar fuerzas luego de un largo día de actividades. Sin embargo, todo estaba a oscuras y no había rastro alguno de una retroexcavadora con el motor encendido. ¿Y entonces?

Un nuevo remezón estremeció de suelo a techo nuestro cuarto. Anthony, como un sabueso, se acercó a una de los muros de la habitación y pegó el oído.

—El ruedo viene de aquí —precisó con el dedo en alto—. Del otro lado de esta pared.

—¡Ahora mismo voy a hablar con el dueño de ese departamento! —señalé con voz de propietario enfurecido. Vamos a ver qué explicación me tiene que dar.

¿Explicación? Ninguna. Resultó que al otro lado del muro de mi cuarto no había otro departamento, sino el *laundry room* del piso doce. Cuando entramos, descubrimos a un par de veinteañeros que conversaban mientras una de las secadoras de ropa se sacudía frenética y golpeaba la pared que daba precisamente a mi habitación. Como si aquel ruido y golpeteo no fueran suficientes, uno de ellos había abierto en Youtube el video de la canción de Pitbull, y nuestro ingreso al *laundry room* coincidió con uno de los momentos más filosóficos del tema: *Don't care what they say / All the games they play / Nothing is enough / 'Til they handle love (let's do it tonight).*

Anthony se quedó mirándolos con ambas manos en las caderas, a la espera de un gesto de disculpa. Pero los dos veinteañeros nos saludaron con un ligero movimiento de cabeza, y regresaron a la pantalla de su *iPhone* para seguir viendo el video.

—Perdón —dije por encima del bullicio. ¿Ya vieron la hora?

209

Señalé con un dedo el cartel que claramente anunciaba, en enormes y vistosas letras mayúsculas, que el horario de uso de lavadoras y secadoras era hasta las 10:00 PM. Hacía más de una hora que el tiempo permitido había expirado. ¿Cómo pretendían ellos que pudiéramos dormir con una enorme y vieja secadora Whirlpool bailando salsa contra las paredes? ¿Acaso no habían leído el anuncio?

Por un segundo, pude imaginar a esos mismos dos tipos paseando sin problema alguno a sus mascotas en el enorme y siempre verde pasto del jardín, pendientes a sus *whatsapp* y mensajes antes que a los anuncios sobre tenencia responsable y las bolsitas para recoger la caca.

—Van a tener que seguir mañana —dijo Anthony—. Gracias.

—*Dude* —respondió uno de ellos—, ¿sabes dónde podemos conseguir un poco de marihuana?

Entré a mi departamento con ganas de escribir una carta de reclamo a... ¿quién? ¿A quién podía hacer responsable del asalto de Pitbull en cada esquina del Flamingo? ¿A quién podía reprochar por el escándalo de las limusinas Hummer que hacían nata cada viernes y sábado frente a la puerta de acceso? ¿A quién podía señalar como el culpable de que las personas no tuvieran el más mínimo respeto por los demás y dejaran enormes charcos de orina o mierda de perro en pasillos, elevadores y el jardín?

¡¿A quién?! ¿A Miami?

Caí sentado sobre el sillón de la sala y dejé que mis ojos se perdieran en la inmensidad del paisaje nocturno que se desplegaba como en una pantalla de cine más allá de mis ventanales. Ahí estaban otra vez la silueta luminosa de los rascacielos de Downtown, el arco perfecto de los puentes también iluminados, el resplandor líquido de la luna sobre el mar plácido a esa hora, el bamboleo rítmico de las palmeras. Una belleza. Una postal idílica que de inmediato apaciguó mi furia. Tal vez por eso no me importó que las latas de la secadora continuaran golpeteando contra las paredes de mi cuarto, ni que tampoco una nueva ronda de *Give me everything tonight* llegara hasta mis oídos ahora desde quién sabe dónde. El mejor antídoto para sobrevivir al Flamingo era seguir hipnotizado por lo que veía al otro lado del vidrio.

—*Welcome* to Miami — dijo Anthony y me pasó con resignación un brazo por encima del hombro.

Todo bien, Miami. Gracias por la bienvenida. Pero prométeme algo: que te vas a quedar siempre ahí, al otro lado de mi ventana. Voy a necesitar poder apreciar tu lejana belleza como en una vitrina cuando mañana, como todos los días, me empiece a cansar de ti y me haga falta volver a comprender por qué decidí mudarme a tu territorio. ¿Hacemos el trato? *Dale*, como diría Pitbull.

Una mirada pensativa desde la bahía

Daniel Shoer Roth

Mi corazón latía como una bomba de emociones a punto de estallar. Con cada paso que daba en la sede del Miami Herald frente a la vistosa Bahía de Biscayne, el futuro era más presente. En esta audaz aventura por la vida, una nueva era se adelantaba.

Una flecha blanca en el pasillo del sexto piso dirigía el rumbo hacia una sala de redacción donde la vocación informativa y la creación literaria servían de eslabón a un polifacético equipo de profesionales oriundos de casi todas las regiones de Latinoamérica. Corría el verano de 1998.

Pocos meses antes, *El Nuevo Herald* alzó vuelo con alas propias en su circulación, sin el cordón umbilical que lo había atado, a regañadientes, a su madre anglosajona, *The Miami Herald*. El periódico en español era el espejo del trabajo y la vida de una comunidad noble, poderosa y en sostenido crecimiento. Sus páginas afloraban como punto obligado de referencia en los repasos de frustraciones y sueños conquistados.

Un rostro lozano con apellidos de difícil pronunciación bajo la dirección de eminentes periodistas. Ese era yo: el nuevo "interno" del diario.

Habían trascurrido muchos años desde que mis ojos avistaron aquella imponente fachada de granito color miel con los logotipos de los diarios en luces de neón azul, guía y vigía de esta ciudad. Mi familia solía venir de vacaciones cuando en mi natal Venezuela el valor del dólar era parco. En nuestro caso, esos viajes parecían peregrinaciones por los centros comerciales. Llegar a ellos implicaba transitar cerca de la sede de los rotativos, engalanada por su arquitectura Miami Modern (MiMo), estilo autóctono germinado hacia mediados de la centuria pasada. Sentía ganas de cruzar sus puertas.

Más adelante, en la flor de la adolescencia, mi travesura consistía en escapar a un quiosco en la calle 71, a pocas cuadras del condominio de mis abuelos en Miami Beach, donde nos hospedábamos. Así lograba sorprender a mi queridísimo "Opa" —sobreviviente del Holocausto nazi— con algún ejemplar atrasado de *El Universal* o *El Nacional* publicados en Caracas. Pero, misteriosamente, mis manos eran seducidas por esa edición mucho más gruesa de la prensa local. Como un panadero armado con el mango de una pala de madera larga y estrecha que saca de su horno cada pan cuando está cocido, de regreso a casa, sustraía cada cuerpo de *The Miami Herald* hasta encontrar las secciones en español. Sus hojas desprendían ese agradable olor a tinta y teñían mis dedos de gris.

A la edad de 23 años, decidí dejar atrás la tierra del *Gloria al Bravo Pueblo* y mudarme a una radiante ciudad de insomnes edificios que aguijan el ombligo del cielo. Cursar maestrías en Periodismo y Estudios Latinoamericanos y del Caribe en la Universidad de

Nueva York (NYU) era el pretexto perfecto para saciar ansias de liberación en un hogar de ensueño. Una mañana a los estudiantes nos congregaron en el auditorio para urgirnos a efectuar prácticas de verano en algún medio de comunicación. Un excelente desempeño — resaltó la profesora— podría rendir frutos: una plaza de empleo. De pronto empezaron a encajar las piezas de un rompecabezas que parecía inconexo.

—Profesora Nancy, gracias por la orientación — le dije al finalizar la charla, envuelto en la incertidumbre por falta de perspectivas—. Soy hispano y mi especialidad es periodismo en español; no creo que sea fácil solicitar trabajo en un medio en inglés. ¿Qué hago?

—Entonces, ¿por qué no postulas a una pasantía en *El Nuevo Herald* de Miami? —aconsejó sin dudarlo, aclarando mi borrascoso horizonte—. Te va a encantar.

Algo dentro de mí se sacudió fuertemente. Era un puño de recuerdos de la infancia olvidados en un cofre bajo el océano de la memoria. Escuché el murmullo de la brisa marina entre las cimbreantes palmeras y el perezoso vaivén de las olas; olfateé el aliento a cebolla y arenque de mis abuelos después de almorzar en algún *deli kosher style* de Aventura. Ellos vivían en Venezuela; por lo tanto, podría residir durante el verano en su apartamento, ahorrándome el costo de vivienda. Solo hacía falta un "sí" del periódico.

Amor con guantes

Al final del pasillo llegué a la redacción. Las paredes lucían cuantiosos diplomas enmarcados. Me recibió risueña la recepcionista Miriam, quien con el devenir del tiempo se convertiría, según un título por ella acuñado, en "presidenta de mi fan club". Pasé a la oficina del entonces jefe de la sección *Locales*, departamento del diario con el cual, dieciocho años después, aún estoy afiliado. Con libreta de notas, grabadora y oídos abiertos, salí al día siguiente a recorrer las calles de Miami en búsqueda de una primicia. Una ávida pasión por el oficio me llevaba a confrontar la descarnada realidad —y también el potencial de progreso— de una ciudad que conquistaría mi corazón de escritor, ciudad capaz de recibir mis palabras y realzarlas, ciudad que me invitaría a ser testigo y narrador de grandísimos acontecimientos.

Pero Miami —confieso— no me agradó al principio. Depender del sistema de transporte público en el apogeo de un ardiente verano era agonizante; no podía fiarme de los horarios ni llegar a tiempo a las entrevistas. A esa edad solía ser algo discotequero, y la vida nocturna era monótona comparada a la de New York, igual que lo era la vida judía pluralista a la que aspiraba como creyente. Me parecía una aldea con pretensiones de gran ciudad. La gente aquí, en general, era extremadamente superficial: la figura física, la marca del automóvil, el espesor de la cuenta bancaria y el índice de tejido graso en el cuerpo (mientras menos mejor) eran los valores más preciados. No conseguía forjar nuevas amistades. Y la práctica laboral en el periódico era sin remuneración monetaria, así que el bolsillo derramaba unas cuantas lágrimas.

Aun así, vestí toda mi armadura de sensibilidad y velé con el yelmo mi tristeza.

En apenas dos meses, este interno al que un editor un día dijo (mitad en broma, mitad en serio) "Daniel, tú como que eres un poco raro", publicó siete reportajes en la primera plana de un periódico en plena progresión. Debía salir a la cultura del encuentro con los lectores, zambullirme en sus comunidades, familiarizarme con sus problemas y denunciar los constantes agravios. Hasta saqué algún provecho a la adversidad sufrida: después de tantas peripecias por falta de automóvil, de tantas idas y venidas, cerré mi tránsito por la ciudad con el titular, a seis columnas, de una edición dominical: *Buses de Miami arrastran crisis.*

En el avión de regreso a Nueva York para continuar los estudios juré que nunca me mudaría a Miami. ¡Nunca!

Pero, a veces, como expresa un añejo proverbio, Dios escribe derecho en renglones torcidos.

Se aproximaba el final del postgrado y no conseguía trabajo en la capital del mundo. Una a una, se cerraron la puertas que tocaba. El reloj hacía sonar su tic-tac para recordarme que sin un futuro empleador, me esperaba un deprimente boleto aéreo a Caracas. Llamé al *Herald*, donde me habían ofrecido un cargo de reportero un año antes. Estaban dispuestos a acogerme durante un año, la duración del permiso de trabajo concedido a los recién graduados extranjeros. Miami sería algo provisional, un punto medio. De tal forma que me rendí ante el enigmático reino de lo inesperado.

Pronto me asomé a un mar cuyo oleaje acarrea el tesoro de la diversidad multiétnica y multicultural. La confluencia de razas, etnias, religiones, orígenes nacionales, creencias y tradiciones folclóricas, bendecía a esta metrópolis floridana con una riqueza sin parangón, facilitando la oportunidad de intercambio a sus habitantes. No obstante las tempestades duras de mi adaptación, comprendí que aquí desemboca lo mejor de

217

dos mundos en concentrado: el sabor latino y la eficiencia sajona. Pulula la alegría festiva y auténtica, la llaneza y cordialidad en el trato, y la generosidad hospitalaria importada de nuestros terruños. Pero también gozamos de una sociedad más avanzada en la institucionalidad, el desarrollo económico y la calidad de vida.

Fue gracias a su "madre", Julia Tuttle, que la Ciudad de Miami despertó al sonido del pitazo del primer ferrocarril en 1896. Esta mujer pionera consiguió convencer al magnate Henry Flagler a que extendiera su vía férrea Florida East Coast Railway hasta este cenagoso asentamiento poblado siglos antes por los pacíficos indígenas Tequesta. Años muy convulsos prosiguieron: un voraz incendio destruyó el distrito financiero; el paso violento de las tropas durante la Guerra hispano-estadounidense; una epidemia de fiebre amarilla. Se presentaron, asimismo, épocas de prosperidad: la bonanza de la venta de tierras durante los años veinte; el crecimiento poblacional de postguerra; la invasión de los *snowbirds* escapados del frío boreal. Y arribó, desguarnecido, el año 1959. Tras el éxodo cubano, nacía un nuevo Ellis Island para los desgajados de su patria y de su historia —el Ellis Island de los latinoamericanos—. Gustara o no, Miami estaba destinada a hablar con acento castellano.

El domingo 31 de octubre de 1999, *El Nuevo Herald* sobrepasó los cien mil ejemplares vendidos. Cuando nos informó de ese récord el entonces director Carlos Castañeda, a quien adeudo acendrada gratitud por autorizar el patrocinio de mi visa de trabajo, la algarabía colmó la redacción. Eso lo recuerdo muy vívidamente, porque un escrito en la portada de aquel día era de mi autoría.

Escudo de la hispanidad

Poco imaginaban esta ascendente trayectoria algunos ejecutivos de *The Herald* y Knight Ridder, la otrora empresa matriz. En 1977, se congregaron en el antiguo restaurante Málaga de la Calle Ocho a celebrar el primer aniversario de *El Miami Herald*, un suplemento de 24 páginas con noticias y comentarios en español encartado como un cuerpo del periódico anglo para conquistar a una creciente pero esquiva comunidad cubana que se hacía sentir más en la vida cívica y financiera de la región metropolitana, ofreciendo una cobertura sensible a su idiosincrasia.

Durante la recepción, los gerentes elevaron sus copas y brindaron alegremente porque en el plazo de una década "ya no necesitarían una publicación en español", según relatan testigos aturdidos por aquel sombrío presagio.

Los hispanohablantes —creían— se asimilarían por completo al idioma inglés y a la cultura norteamericana.

El Miami Herald era un periódico sin padrino; un hijo postizo que ansiaba el momento de poder plasmar una gran ilusión; una Cenicienta obligada a traducir la mayor parte de su contenido de la hermana angloparlante. Hasta que en 1980 una flotilla de más de dos mil embarcaciones, la mayoría de estas sin reunir las condiciones para completar la arriesgada travesía, trasladó a ciento veinticinco mil personas a través del puente marítimo Mariel-Cayo Hueso. El impacto demográfico de esta migración acabó por definir el perfil cubano de Miami. Knight Ridder contrató más personal bilingüe. A la postre, reconoció que el suplemento debía convertirse en un diario con identidad propia.

Con un editorial frontal titulado *Un diario para la Libertad*, la madrugada del 21 de noviembre de 1987, *El Nuevo Herald* circuló insertado en *The Miami Herald* por las calles de una ciudad que transitaba hacia una realidad bicultural compleja. Firmado por Roberto Suárez, el director fundador, listaba una serie de principios que la publicación periódica prometía ensalzar e impulsar, entre estos los ideales democráticos de libertad política, religiosa y económica.

Su lanzamiento abrió un capítulo en el periodismo norteamericano: era el primer diario en español en Estados Unidos editado por una cadena de periódicos en inglés como parte de su oferta noticiosa.

Ganarse la confianza de la comunidad cubana representó un gran reto y desafío para los comunicadores en esos inaugurales años. El tema de Cuba estaba polarizado y el exilio cubano de Miami profesaba decepción por la cobertura que recibía en el periódico en inglés, lo cual llevó a la empresa a ubicar la redacción del rotativo en español en un edificio en la calle Coral Way, alejado del "monstruo de la bahía", epíteto con el cual sectores críticos habían bautizado la sede principal, reflejo de las disímiles aspiraciones de este frágil crisol que encarna nuestra ciudad.

Con intrépidos reporteros y confiables fuentes, paulatinamente fue conquistando a un colectivo de lectores que vivían en un país prestado sin cerrar las puertas de las naciones que atrás dejaron. Sus artículos marcaban la pauta de la cobertura noticiosa de los medios audiovisuales locales en español.

Los hábitos de lectura de la audiencia fueron objeto de estudio para Alberto Ibargüen al tomar este las riendas del periódico hacia mediados de los noventa. En distintos puntos de venta, observó un hecho inusitado: los consumidores removían *El Nuevo*, pagaban 25 centavos, y devolvían *The Herald* a los comerciantes, quienes, a su vez, entregaban las copias residuales a la compañía, solicitando reembolsos.

Dispuesto a encarar reticencia entre sus superiores, logrará separar ambos diarios. Así se gestó la independencia de *El Nuevo Herald*. Para entonces, la redacción radicaba en *One Herald Plaza*, donde los pasillos y escalinatas que conocí como la palma de mi mano vieron desfilar a figuras de trascendencia indeleble: gobernantes internacionales, estrellas de la farándula y atletas afamados. Contra viento y marea, los periódicos superaron adversidades como el huracán Andrew, las amenazas de grupos opuestos a la política editorial y el suicidio de un comisionado del Condado Miami-Dade en el vestíbulo del edificio. La hora de cierre de la edición de ese sangriento día me impidió bajar a presenciar la escena policial. Cuando salí de la jornada, los camiones de televisión habían tomado por asalto las calles adyacentes. Esta vez, la noticia éramos nosotros.

Punto de partida

Mi afición por la escritura se remonta a los primeros años de vida. Cuenta mi madre que a la edad de dos ya identificaba las letras del abecedario. En la primaria, escribí mi primer cuento; en la secundaria, la poesía brotaba de mi lápiz como si cursara estudios en el Parnaso. A la hora de seleccionar una carrera profesional, mi predilección fue Licenciatura en Letras, pero animado por mi familia, la cual no simpatizaba con esa preferencia, opté por el periodismo impreso como herramienta a través de la cual puedo plasmar problemáticas, apuntar hacia soluciones, alertar sobre peligros y exhortar a la reflexión colectiva.

Precisamente, en su esencia más pura, mi relación con Miami se manifiesta en la palabra escrita.

La nuestra es una ciudad joven en comparación a otros núcleos urbanos de la nación. No hay linajes consolidados ni estructuras inamovibles. El potencial innovador por marcar la diferencia es ilimitado sin menoscabo de cómo arribamos: desafiando las inclementes corrientes marinas en una barcaza como refugiados, o surcando el infinito cielo mimados en cabina de primera clase como inversionistas, o pagando con perseverados ahorros exceso de equipaje como estudiantes universitarios, o sorteando ríos, inhóspitos desiertos y sabandijas en peligrosas travesías sin documentos de viaje.

En el desarrollo de comunidades, instituciones, empresas y proyectos, los cambios que hacen falta se generan con ingenio, pasión, sutileza y capacidad de emprendimiento. Porque aquí las ideas no son selladas en tubos de laboratorio. La imaginación, genial elemento para la creación, se esboza y se concretiza, uno de los frutos positivos de llamar a este: hogar dulce hogar.

Mi tribuna en *El Nuevo Herald* (durante algún tiempo traducida en *The Miami Herald*) me ha concedido, con la inexorable marcha del calendario, el privilegio de ocupar un asiento en la "embajada" de las buenas causas; de dar una voz a las poblaciones más vulnerables. Me cautiva, por instinto y por mi pasado ancestral, subir al ring de las ideas y reñir con los guantes de la concienciación. Por consiguiente —y lo digo con humildad— he anotado contundentes nocauts.

Una columna que en 2013 vivificó la gratitud que me abriga al escribir se centró en las abnegadas monjas de la Madre Teresa de Calcuta, amenazadas por la Ciudad de Miami por aparentemente violar los códigos municipales al alimentar a los desamparados en su pequeño convento. Ante la mirada del Ayuntamiento, las hermanas operaban "un negocio sin licencia".

Poco después de denunciar este desbarro de los inspectores, las autoridades, viendo avecinarse una pesadilla mediática, acallaron su descorazonado tono. Alegaron que todo había sido una mala interpretación. Desde entonces, atesoro un mensaje telefónico con la inmaculada voz de la madre superiora: "Daniel, ¡qué Dios te bendiga y te dé la gracia que necesitas para continuar haciendo este hermoso trabajo!".

Cuatro años antes, había acaecido otro chocante desparpajo. El Distrito Escolar de Miami-Dade estaba cobrando miles de dólares en alquiler, por el uso de las aulas, a una orquesta que imparte clases de música gratis a los alumnos más pobres de las escuelas públicas. La organización benéfica había intentado inútilmente ser exonerada del absurdo cobro. A la larga, el "no" rotundo de los altos mandos conllevó a la eliminación o reducción del programa en varios planteles.

Un pueblo que abandona a sus jóvenes está condenado al fracaso. Revelar públicamente dicha injusticia era mi responsabilidad social. Y el mensaje de la columna obtuvo resultados inmediatos: el superintendente escolar envió una carta a la orquesta

223

pidiendo disculpas y eximiéndola de cualquier pago. Por fortuna, las lecciones de música no sucumbieron y el potencial artístico de los niños se salvó.

Vivencias de esta naturaleza producen una frondosa cosecha de miel en los panales de mi espíritu. En virtud de la faena periodística también conocí a un excepcional hombre: Monseñor Agustín Román, el alma de la diáspora cubana. De ese contacto germinó mi último libro, *Pastor, Profeta, Patriarca*, la biografía del eclesiástico presentada el año pasado en la Torre de la Libertad, recinto que cala hondo en el corazón y la identidad cultural de los inmigrantes.

En la primera biografía del Papa Francisco, publicada cuando aún era cardenal de Buenos Aires, el prefacio fue redactado por un rabino, quien subrayó: "Esta debe ser la primera vez que un rabino prologa un texto que compila los pensamientos de un sacerdote católico, en dos mil años de historia". Pues bien, en nuestro caso, quizá por primera vez, un periodista hebreo escribe la biografía de un obispo católico.

Un porvenir incierto

El libro sobre Monseñor Román valía la pena escribirlo, y escribirlo bien, con rigor, vocación y preciosismo lingüístico. En aras de entregarme a la ardua tarea, tomé el riesgo económico de separarme de mi trabajo a jornada completa, aunque conservé una columna dominical. Me sobraban espíritu aventurero y devoción literaria. La salida se produjo casi a la par de la mudanza del periódico a Doral, medio siglo después de la construcción, en 1963, de la sede frente a la bahía donde planté mis raíces. Un apasionante capítulo de mi vida llegaba a su epílogo. En efecto, de la copiosa cabellera del interno venezolano proveniente de Nueva York solo permanecían los vestigios.

Los precipitados cambios en la industria de las comunicaciones, secuelas de la revolución informática, obligaban a la empresa a ajustarse a una realidad ajena a las brújulas convencionales. Las ruedas de la tecnología, la caída en la circulación y la baja inversión de los anunciantes han dejado profundos surcos en la prensa impresa en todo Occidente. Ir hasta el kiosco a pagar por un fajo de hojas es un culto del ayer. Hoy, la mayoría prefiere leer en las pantallas de la computadora, la tableta o el teléfono inteligente en forma gratuita o a menor costo. Hasta que las versiones digitales de los diarios no alcancen sufragar, con ingresos publicitarios y suscripciones, las ediciones en papel, estas últimas corren peligro de extinción, vaticinan los expertos.

La contracción de las publicaciones impresas, así como el enfoque de los medios audiovisuales en las noticias sensacionalistas de corte policíaco, han delimitado las oportunidades para profesionales de la prensa como yo, particularmente en el mercado hispano. La falta de hábitos de lectura entre las nuevas oleadas migratorias tampoco ayuda. Sin embargo, hay un valor eterno independiente de cualquier medio: la determinación del ser humano por adquirir la llave del conocimiento y aplacar la sed del saber. Por ello, en Miami se precisarán siempre escritores que den sentido a la actualidad de la ciudad y de las Américas; periodistas que ayuden a la sociedad a comprender estos tiempos turbulentos y a menudo caóticos.

La desesperanza y la negatividad —admito— me invaden una que otra vez. En esos momentos, desenvaino la espada del optimismo y visualizo los

225

infinitos peldaños en la aurea escalinata de la superación y la abundancia que a los inmigrantes conecta con el Sueño Americano. En casos de emergencia, si reboso de melancolía, una caminata por la Lincoln Road promete la cura. Turistas latinoamericanos y europeos de piel bronceada trajinan de tienda en tienda y colonizan los restaurantes. Mujeres de figura curvilínea y hombres musculosos desvelan sin retraimiento sus atributos. Parejas gay pasean tomadas de la mano con sus anillos nupciales. Cristianos, judíos y musulmanes se entremezclan junto a sus numerosas familias. Y no faltan los talentosos artistas callejeros y los excéntricos personajes.

Vivir aquí y ahora es una bendición verdadera. Porque Miami es huerto y telar de mi pluma.

Siempre en el Vagabond

Carlos Gámez

Conduzco el coche de mi acompañante, mi amigo Dago Sásiga, uno de los editores de La Pereza, mientras me dirijo a *My First Bikini Release Party*. Resulta increíble que yo, el patoso número uno, sea un conductor aceptable en Miami. Bien es cierto que no me complico: no texteo ni como mientras conduzco, dos de las actividades más comunes del parque móvil de la ciudad, pero que dificultan una de las tareas más fáciles en este país: manejar un coche automático. Como me limito a conducir, solo he de concentrarme en llevar el volante y pisar el freno o el acelerador. De esa forma tan sencilla es como formo (formamos) parte del flujo circulatorio de la ciudad y de paso del sistema económico de esta nación sobre ruedas. Otra cosa es que mi acompañante y yo formemos parte del flujo cultural de Miami, porque no está claro que eso exista.

El acto al que pretendemos acudir podría ser un nuevo intersticio por el que debería manar ese flujo cultural que tanto ansiamos, aunque no tengo tan claro que forme parte del sistema económico. Tiene lugar en el Hotel Vagabond y está organizado por la gente de O, Miami Poetry Festival: se presenta la traducción al inglés, realizada por Lizzie Davies, de la opera prima de Elena Medel: *Mi primer bikini*. Por eso nos dirigimos hacia allí con esperanza.

227

Escribo esperanza pero también podría escribir pánico, porque aunque están en franca mejoría, las actividades literarias en Miami pueden resultar una sorpresa, como es propio de una ciudad que se me antoja poco literaria pese a los muchos escritores que viven en ella. Aquí puedes asistir a un acto donde el público habla más de lo que escribe que el mismo invitado, por mucho bagaje literario que este tenga, o encontrar que la velada se celebra en un ambiente cerrado y opresivo que no es lo más idóneo para un debate intelectual —y no lo digo, evidentemente, por la diáfana Books & Books—.

Así que mi pánico está justificado hasta que: 1) observo que el cartel luminoso que anuncia el lugar aún conserva ese estilo retro, propio del motel de carretera que fuera antaño; 2) un simpático botones con el acento cubano de Miami se brinda con celeridad a *parquear* nuestro auto a la puerta del Vagabond y, por su desenvoltura y su habilidad al manejar, se convierte en mi héroe al momento; 3) un par de muchachas jóvenes, embutidas en sendos trajes de fiesta, que hacen las veces de recepcionistas del evento (disculpen la licencia fb), nos dan la bienvenida al acto con amplias sonrisas, confirmando que simpatía y cultura no tienen por qué estar reñidas; y 4) contemplo que han reconvertido el antiguo motel en un hotel *vintage* con aires *Deco* y los últimos elementos del diseño contemporáneo.

Mis intuiciones se confirman cuando accedemos al recinto de la piscina y me topo de bruces con la delicada magnificencia del edificio que alberga las habitaciones, que lejos de parecerse a otro más de los condominios que pueblan Miami, se distancia de ellos por el adecuado uso del blanco y el azul pastel. Muy poético, con evocaciones marítimas. Además de combinarse a la perfección con la iluminación azul y morada de la piscina, lo que me hace comprender el muy intrigante comentario que figuraba en la invitación acerca de una *decadent literary party with cocktails by the pool*. Así que va de eso. Pues es cierto. La gente de O, Miami no engaña. El espacio recuerda mucho más a las glamurosas fiestas de Los Ángeles en el Hollywood de los años 50, que no al repetitivo paisaje cinematográfico de neón ochentero que aparecía en Miami Vice y que la ciudad ha explotado en exceso en las últimas décadas, que esto suceda con poesía de por medio dice mucho de los organizadores.

Cuando este pensamiento cristaliza en mi mente, es cuando me encuentro a J. V. Portela, con su cabello recién cortado y su barba perfecta. Viste unos *shorts*, con ese estilo informal pero elegante que le caracteriza, y atiende un mostrador en donde se puede adquirir la edición bilingüe del poemario de Medel. Portela es, junto a su director: P. Scott Cunningham, y a Melody Santiago Cummings y Michael Martin, uno de los responsables del festival O, Miami, además de ser el director del Reading Queer Program de la ciudad y el editor de la revista de poesía *Jai-Alai*. Nacido en Cuba, vivió hasta los trece años en España. Entonces su familia se trasladó a Miami, y un perfecto castellanoparlante tuvo que convertirse en plena adolescencia en un perfecto angloparlante. No fue fácil. Pero ahora, además de escribir poesía en ambos idiomas, Portela es capaz de verter al inglés literatura escrita en castellano y de hacer lo mismo en español para con la literatura anglosajona. Todo un ejemplo de la savia nueva que corre por las calles de esta ciudad. Alguien que no se avergüenza de su declarado bilingüismo cultural. Él es el encargado de cuidarse de todo lo relacionado con la poesía escrita en castellano que figura en el festival. Así me lo recuerda la invitada de honor, la poeta cordobesa Elena Medel, directora de la editorial La Bella Varsovia que ya visitara la ciudad dos años atrás también invitada por O, Miami tras ganar el prestigioso premio Loewe de poesía.

Por aquel entonces, O, Miami celebraba algunos de sus actos en una deliciosa casita a dos pasos del mar y muy cerca de la histórica Biscayne Bay. Un espacio al norte de la ciudad, con piscina y una cancha de baloncesto, que era la sede de Edgewater Poetry & Athletics Club. Una suerte de club nada exclusivo que aunaba curiosas actividades deportivas con recitales de poesía en donde asistí a excelentes veladas líricas en el improvisado escenario de la cancha, y donde Medel impartió una charla sobre el estado de la poesía en España a través de una de las blanqueadas paredes de la casa gracias a un MacBook y un proyector. Pero si hoy se acercan al 461 de NE 31st St., observarán que la casita, la cancha y la piscina brillan por su ausencia. Solo encontrarán un enorme descampado y una obra de gran envergadura que en pocos años se convertirá en las cuatro torres que conformarán la promoción de rascacielos Paraíso Bay, otro de los motores de la economía de esta nación. Si no ando equivocado, los antiguos propietarios cedieron la casa y todos los equipamientos al colectivo poético del que forma parte Portela hasta que el terreno se convirtiera en la enésima promoción inmobiliaria de la ciudad, como así ha sido al cabo de los años.

Aunque encontramos rascacielos construidos en las décadas de 1980 y 1990, como el Southeast Finantial Center o la torre Santa María, ubicados en Downtown y Brickell respectivamente, la explosión inmobiliaria de Miami tuvo lugar en la primera década del siglo XXI. En ese período se levantaron 20 de las 25 torres más altas de la ciudad, convirtiéndola en la tercera urbe con más rascacielos, solo por detrás de Nueva York y Chicago, hasta que la crisis económica que llevó a la caída de Lehman Brothers, lo que los norteamericanos llaman la *Great Recession*, ralentizó el ritmo. Pero la crisis ya solo es historia y en estos momentos hay varios proyectos de gran envergadura en construcciòn, entre los que se encuentra el de Paraíso Bay, y cuatro de ellos desbancarán al Hotel Four Seasons como el edificio más alto de Miami. Así que los rascacielos, además de formar parte de esta economía, continuarán conformando el *skyline* de esta ciudad, y creando nuevas barreras para el flujo, no solo el automovilístico, sino también cultural. Y la poesía de Miami tendrá que seguir fluyendo y trasladándose por los intersticios que le deja abiertos.

Por uno de esos canales ocultos es como imagino que hoy Medel se ha vuelto a colar hasta el Vagabond, que este año viene acompañada del joven poeta Alberto Acerete, autor de su sello. Medel se deshace en elogios con la organización, hasta el punto de que ya en la barra de bar frente a la piscina del Vagabond me confiesa que si por ella fuera, vendría cada año a Miami. Me muerdo los labios y no le hablo de la cara oscura de la ciudad, de los intersticios y de sus enemigos. Esas barreras arquitectónicas que tantas veces se levantan y potencian las promociones inmobiliarias. Pero entonces me doy cuenta de la gente que nos rodea junto a esa barra, iluminada también por focos de tonos morado y azul eléctrico, frente a la piscina. Primero los he escuchado como ruido de fondo de mi conversación con Medel y Acerete. Hablaban en inglés principalmente, aunque algun@s intercalaran palabras y expresiones en castellano. Cuando finaliza mi charla, me dedico un buen rato a contemplarlos: son jóvenes, guap@s, visten *cool*. No tengo muy claro que esta sea la fauna idónea para una lectura poética. Pero no se puede negar que no tienen ese estilo casposo y carrinclón que observo siempre que circulo con mi bicicleta frente a la entrada de "Delicias de España." El tan conocido restaurante de Miami, que adoran las maestras del colegio de mi hijo, que me confirma que los ricos cubanoamericanos son casi tan horteras como los españoles que trabajan aquí para las corporaciones bancarias más ladronas de aquella pequeña península, que pretenden sacar rédito de la economía de esta nación sin revertir en sus conciudadanos, y que me hacen avergonzarme de mis orígenes.

Sin duda, esta vez me enfrento a un acto cultural cosmopolita, muy del gusto de Design District, el barrio que pretende cambiar la fisonomía de la ciudad. Claro que eso tiene cuando menos dos lecturas: la buena, que dice que lo cosmopolita ayuda a la cultura a expandirse; la no tan buena, que afirma que solo los ricos son cosmopolitas mientras los pobres somos emigrantes, aunque se trate de emigrantes culturales. Y se observa que estos son muchachos de dinero, triunfadores de la economía de esta nación, potenciales estudiantes de la universidad donde imparto clases, posibles hijos de esos casposos horteras que consumen a dos carrillos comida castiza. Pero quiero creer que parte de ese dinero puede acabar en el bolsillo de alguno de estos jóvenes poetas y gestores culturales que abren nuevos intersticios en esta ciudad, y que pronto publicará una nueva traducción o un poemario inédito con esos fondos, y me alegro por ello hasta que un inesperado chaparrón, producto de ese "Niño" y ese cambio climático que nadie entiende, que están estropeando el inicio del cálido otoño de Florida, me saca de mi marasmo y borra mi estúpida sonrisa en un tormentoso instante, no sé si llevándose mis ilusiones en forma de gotas de agua y fundiéndose con ese flujo que tanto ansío.

El caso es que me veo obligado a refugiarme bajo una de las sombrillas junto a mi amigo Dago, que había desaparecido de mi lado por un buen rato. Juntos miramos caer las gruesas gotas de lluvia mientras me explica los proyectos futuros de su editorial, y me congratulo de que un sello literario ambicioso y dirigido por gente joven haya podido arraigar en Miami, de la misma forma que lo han hecho la plataforma digital *Suburbano* o la revista *Nagari*, entre otras.

Nuestra charla dura lo que dura el chaparrón, porque para evitar sorpresas de última hora, la gente de la organización decide iniciar el acto en el momento en que deja de llover. La fiesta consiste, en su primera parte, en la audición de algunos de los versos que escribió Medel hace ya años. Los escuchamos dos veces. Primero en castellano, pronunciados por su autora. Después en inglés, declamados por su traductora. Todos aplaudimos, arrebatados por la fuerza de esos versos. Sin embargo, entonces es cuando tiene lugar la sorpresa mayúscula que ya se anunciaba en FB, pero que no por ello deja de ser impactante. Tres muchachas, ataviadas con bañadores estilo retro de tonos rojos aparecen al borde de la piscina al ritmo de esa música que aderezaba las glamurosas fiestas del Hollywood de los años 50 justo cuando la traductora de Medel ha acabado de vocalizar el sonido con el que acaba el verso, y se sumergen en las sinuosas aguas de la piscina con saltos resueltos de forma acrobática. Poesía en movimiento o, como figuraba en la invitación: *a special synchronized swimming performance*. Debo confesarlo: nunca antes asistí en ninguna otra parte a un recital poético de estas características. El caso es que mientras contemplo las hermosas figuras que trazan las tres muchachas de Verso Performance en el agua y recuerdo *Escuela de sirenas* (*Bathing Beauty* en su versión original), la película que tanto emocionara a mi padre, sé que he encontrado el lugar. Que deseo volver aquí una y otra vez, que quiero estar para siempre en el Vagabond, asistiendo a fiestas literarias decadentes, deleitándome con versos y poéticos juegos acuáticos, aunque no produzcan réditos para el sistema económico de esta nación. Entonces sí querría volver a Miami cada año, como Elena Medel, porque el flujo cultural habría alcanzado el caudal suficiente para que pudiéramos sumergirnos en él como lo hacen las componentes de Verso Performance. Es entonces cuando recuerdo que al día siguiente Acerete y Medel van a realizar una lectura pública en los diáfanos salones del Hotel Betsy y pienso que quizá algo esté cambiando en la ciudad.

Tambor para los espíritus

Lourdes Vázquez

Esa noche de año viejo en mi nueva casa, en donde y además del goce de la fiesta —de forma simultánea y precisamente a las doce— una serie de ritmos de tambor se sucedieron. Fantasmales por demás, sintomáticos, sin duda. Fue entrañable lo que sentí, como cuando la niña se reconoce en el espejo para ver su unidad, aquella tantas veces eludida. El viento de esa noche era cálido, suave, dando cabida a un *son son son* casi mágico y todos salimos al patio, a la calle, buscando aquello, uno de los ecos de una ciudad ya quimérica, por demás. Qué decir. La continuidad y fuerza de aquel ritmo me trajo a la memoria otro ritmo, el de un trópico paralelo.

El ritual se repite todos los primeros de enero, día de la independencia de Haití, luego supe. Un drama, un *performance* en donde los instrumentos de percusión se golpean, se agitan y nos hablan de una historia. Riqueza de un pathos que no concluye, de una sobrevivencia después de la muerte en esta otra frontera líquida: Little Haiti, muy cerca de mi casa.

Pregunté a mi vecino, ¿qué significan esos tambores, ¿qué significa el coro que muchos de nosotros escuchamos esa noche? *The drums, the chanting.* Son para los espíritus, me contestó. ¿Es vudú? *Pa reyèlman.*

Not really, enfatizó. Es el ruego por la paz en el cual se llama a Erzulie, la gran reina en el vudú. Es una de las formas en que *we face the trials of life*…y una de las tantas tradiciones de Little Haiti y que incluye el *ra-ra*, las procesiones religiosas que salen a la calle (Ra Ra significaría 'vudú a la calle') y que preside la época del *Haitian Defile Kanaval*, el carnaval presidido por personajes como la *reine*, el *prezidan* o el *kolonel*. ¿Quién es la reina?, pregunté una vez. Es la reina de Francia Joséphine de Bonaparte, oriunda de la isla de Martinique.

En grupos y alborotados van y vienen vestidos de blanco, escribí una vez... se detienen en las placitas alrededor, se detienen en los negocios, mas nunca cerca de Villa Paula en North Miami Avenue. Tan pronto se topan con esta casona, cruzan la calle y aceleran el paso persignándose más de una vez. Leí en el *Haiti Observer online* que Villa Paula fue construida con materiales y labor cubana allá por los años 1920, y bautizada con el nombre de su primera habitante: Paula de Millord, esposa de Domingo Millord, primer cónsul cubano en Miami. Construida en un gran campo agrícola, aquí Paula muere de complicaciones después de que una de sus piernas fuese amputada. Tambor por su espíritu es a menudo escuchado frente a la mansión, ya que los vecinos aseguran haber visto el alma de Paula —carente de una pierna— flotando por el patio y alrededores de la propiedad. También señalan que se escuchan todo tipo de ruidos extraños dentro de ésta, como: golpes en las puertas, sacudidas de trastes en la cocina, movimientos bruscos de los *chandeliers* y sonidos de tacones de mujer. Todos estos fenómenos suceden porque Paula fue enterrada en el patio sin los mayores respetos o bendiciones, confirman. En ese toque de tambor se invoca una vez más a la loa mayor Erzulie, la única que entiende sobre lo vaporoso de la vida y lo contundente de la muerte.

En alguna de las botánicas de este mapa —con sus paredes decoradas con murales de colores brillantes con motivos de serpientes o cabras y flechas enmarañadas en corazones— hay ahora mismo un ritual de velas para alejar el espíritu de Paula. Esos murales —que pueden extenderse al comercio en general— conforman una narrativa desconocida para muchos y cercana para otros e invitan al iniciado a llamar a las loas. En los fines de semana se puede escuchar el *tam tam* de un tambor al espíritu proveniente de alguna de estas botánicas.

Y yo no dejo de conmoverme ante la fortaleza y el protagonismo de estos inmigrantes y me da con trazar un paralelo con otro mapa también cercano a mi casa, que para los años cincuenta era un parque industrial adyacente a casitas de madera modestas. Saturado de talleres de costura allí laboraron muchas de mis tías. Años y años cosiendo brassieres, panties, refajos, enaguas, pantalones de hombre y mujer, blusas y camisas en talleres de piso de cemento con ventiladores industriales y pobre alumbrado. Habría que rememorar uno de los poemas de William Carlos Williams…

So I came to America!
But when I got here I soon found out that I
was a pretty small frog in a mighty big pool. So
I went to work all over again. I supposed
I was born with a gift for that sort of thing…

Cumpliendo su pequeño sueño americano, llegó ese grupo de puertorriqueños para asentarse en lo que hoy se conoce como Wynwood. Los hombres se dedicaron a trabajar en la construcción y reparación de botes y carros o en la fabricación de muebles y/o ataúdes. Otros se fueron a cosechar tomates y piñas, mientras algunas de sus mujeres quedaron al cuidado de los muchachos y la casa. Mujeres que fueron construyendo pequeños altares de madera dentro de sus viviendas para sacudir espíritus enemigos junto a los libros de Allan Kardec, junto a velas, santos, flores plásticas, postales devocionales y almanaques con el santoral. ¿Qué queda? Unos cuantos envejecientes para contar la historia. Doy una vuelta por la comunidad y tomo fotos a la *Middle School José de Diego*, al *Roberto Clemente Park*, al centro comunal, al centro para envejecientes y a una estatua al venerado Eugenio María de Hostos. Una foto muy especial a una clínica de salud, la Borinquen Health Clinic, que hasta el día de hoy brinda servicios para salvación de muchos.

North Miami Avenue y North East Second se ajustan a la genealogía del emigrado, con sus luchas de vida, sus altas y bajas, sus huecos y elevaciones, como las montañas del archipiélago de este gran Caribe: una organidad natural que crea y abandona a sus hijos sin límites de tiempo o espacio. Y yo lo que quiero es poder hundirme en la transparencia de cada uno para entender de qué plasma, de qué linfa surge esa vitalidad o es que es tan sencillo como creer que los seres humanos en situaciones extremas poseemos una vena interior que nos permite saltar por las nubes de lo adverso. De la mano de nuestras ceremonias y costumbres. Junto a la memoria. Del brazo de la genealogía. Timbal para el espíritu debo pedir para todos ellos. Tambor para el espíritu por cada hueco y elevación que se permuta.

238

Una patria para el rastafari

Pedro Medina León

Buena parte de mis años en la secundaria y la universidad tuvieron las canciones de Bob Marley como soundtrack. Con el paso del tiempo me fui alejando de él, pero nunca se fue del todo: en mi iPod no faltan "No woman no cry", "Who the cap fit", "Positive vibration". Marley es parte de mi ADN musical. Lo mismo sucede con mis conocidos. Y me atrevería a decir que, en general, ya sea como músico o leyenda, a nadie le es indiferente.

Chateando hace poco con unos amigos, no sé por qué solté la pregunta de dónde murió Bob Marley. En Jamaica, dijo uno, yo he visitado su tumba. Los otros dos no estuvieron tan seguros como el que visitó la tumba, pero casi no dudaron de que era en Jamaica. Es cierto que en Jamaica está su tumba, pero ahí no murió, aunque no lo aclaré. Más bien me pareció interesante seguir preguntándolo entre otras personas.

La universidad donde estudié en el Perú organizaba todos los años una Feria del Libro. Los estudiantes podíamos adquirir libros, CD y cuanto se vendiera en los stands, y los cobraban a fin de mes, junto al pago por las clases. Una pesadilla para los padres. Cuando cursaba las últimas materias que llevé de Derecho en 2002, mi amigo Armando, el 'Polaco', me acompañó a la Feria. Muy bien vestidos los dos, de trajes oscuros y corbatas negras, realizábamos las prácticas en los mejores estudios de abogados de Lima: nuestras vidas estaban destinadas al Derecho. En esa ocasión salí con un ejemplar de *La fiesta del Chivo*, de Vargas Llosa, el CD *Selling the Drama*, de la banda Live, y la biografía de Bob Marley titulada *In his own words*, de Ian Mc Cann. Aún conservo *La fiesta del Chivo*. El libro de Bob Marley no sé dónde fue a parar, pero recuerdo una fotografía en la que se le veía demacrado, pálido, sin barba ni dreadlocks, con un gorrito de tela y la mirada de un niño triste. La nota al pie explicaba que era una de sus últimas fotos, tras haber perdido la batalla contra el cáncer.

Bob Marley alcanzó la cumbre de su carrera en Europa entre los años 1975 y 1977, mientras vivía en Londres. Logró ser el primer músico tercermundista con una repercusión internacional igual o mayor que artistas del nivel de Mick Jagger. La cúspide llegó con el tour del album *Exodus*: fue *sold out* en Inglaterra, Holanda, Dinamarca, Francia, Bélgica, Alemania y Suecia. Estados Unidos no era indiferente a su música, aunque en comparación con Europa tenía una notable desventaja. La gran gira estadounidense de *Exodus* estaba programada al finalizar la europea, pero las cosas no siempre salen según lo previsto: en Francia, jugando fútbol contra un equipo de periodistas, se rompió una uña del pie. La herida fue grave: su médico encontró células cancerígenas y recomendó amputar el dedo para prevenir la propagación del cáncer. La gira por América se canceló, y ese año —1977— Marley volaría a Miami a escuchar una segunda opinión.

La ciudad que recibió a Marley era bastante diferente de la que conocemos ahora: no estaba poblada de latinoamericanos del extremo sur del continente, pero sí de habitantes del tercer mundo caribeño: Bahamas,

Haití, Jamaica, Aruba. La inmigración legal o las lanchas con contrabando humano desde Haití y Bahamas eran el plato de cada día. Fidel Castro y su dictadura consolidaba cada vez más a una comunidad cubana que si bien siempre tuvo presencia en el sur de la Florida, eran otras las razones que la desplazaban afuera de la isla, como la inconformidad con el gobierno de Batista o el lujo que podía permitirse cierta élite de vivir con un pie acá y otro allá. Miami llevaba acuñado el imaginario de "tierra prometida" desde entonces.

En Miami el panorama no fue muy alentador: los médicos en el Cedars of Lebannon Hospital (hoy Jackson Memorial del Downtown) confirmaron el diagnóstico. Había que remover las células cancerígenas de inmediato, y lo mejor era amputar el dedo. Esa no era una opción para el credo rastafari, pero sí que le removieran las células. Marley compró una casa para reposar el período post operatorio y establecerse con su esposa Rita y con Cedella Booker Marley, su madre, que vivía en Delaware y se mudó con ellos. Un par de meses después, ya algo recuperado, terminó de gestar el album *Kaya* en los estudios Criteria de Biscayne Boulevard. Su famoso hit "Buffalo Soldier" también se grabó ahí. Teniendo esposa, madre, casa e hijos en Miami, los planes continuaron. Fueron casi dos años de gloria con los álbumes *Kaya* — esta gira culminó con el concierto en la Arena del Jai Alai de Miami—, *Survival* y *Uprising*. Y en New York, en la gira Uprising, el cáncer hizo eco nuevamente. Marley viajó donde su médico en Alemania, pero esta vez no hubo tregua: le quedaban muy pocos días de vida. El viaje de regreso fue a Miami, a su casa, a pasar sus últimos momentos junto a su familia. A las 11:45 am del lunes 11 de mayo de 1981, Bob Marley falleció de la mano de su madre en el Cedars of Lebannon Hospital.

Un par de meses después de la Feria del Libro, un vuelo barato de Aeropostal me trajo a Miami. Las cinco horas que estuve flotando en el aire las digerí leyendo un ejemplar de *La Habana para un infante difunto*, de editorial Oveja negra, que me regaló mi tía Pilar (RIP). Del MIA me recogió mi amigo el Gordo, en su Ford Escort color *silver* y fuimos a comer al Wendy's de Sunset Place, a pocos pasos del Specs del cual luego me volvería comprador compulsivo.

Todo lo de "mi fuga" fue muy repentino: de un momento a otro decidí dejar mi país en busca de algo mejor —los trajes y corbatas quedaron colgados en ganchos hasta nuevo aviso; probablemente sigan allí—. Mi equipaje fue mínimo, pero no faltaron la colección completa *Tuff Gong* de Bob Marley, la biografía de McCann y el discman en el que sonaron sus canciones cuando en las noches me sentaba, en las escaleritas de la puerta de mi casa en Miami Lakes, a encender un Marlboro tras otro. Los primeros años fueron azarosos, como los de cualquier inmigrante que llega con las manos vacías: no faltaron los trabajos de cocina; tampoco los de cargar azafates con platos sucios, ni los de embaucar mexicanos mediante un telemarketing en el que les vendía cremas para curar los hongos —que no servían para nada, excepto llenar las cuentas bancarias del dueño del negocio—, y la constante lucha contra el inmediato recuerdo de Lima se reflejaba en la cantidad de tarjetas Long Distance 007 que compraba un día sí y otro no en la Shell. Pero ya son catorce los años que llevo aquí. Con sus sumas y sus restas, la vida se ha encargado de tomar forma y demostrarme que el salto no fue al vacío, y aunque haya perdido el sentido de pertenencia a un único espacio geográfico, son muchas las ataduras irremplazables que tengo con esta ciudad: acá nació mi hija, acá me casé con una mujer colombiana, acá viven mi madre, mi hermana y mi padre, y acá escribí y ambienté mis dos primeras novelas.

Los que cortamos lazos con nuestros países sentimos que nuestras "patrias" se convierten en aquellos lugares donde están los seres que amamos, y es por eso que si tuviera que elegir un lugar para morir en este momento, sin duda alguna sería Miami, con mi gente, tal como Bob Marley. Aunque los textos biográficos y documentales le dediquen pocas líneas y contextualicen más su vida entre Londres, Alemania y New York, el máximo exponente rastafari era habitual en estas calles. Incluso una de las fotos más divulgadas en la que aparece jugando fútbol fue tomada en un parque de Miami. Y a pesar de que en Alemania le dieron pocos días de vida y pudo quedarse ahí, prefirió "apagar la luz" en la ciudad del sol, en la capital mundial de los bikinis, de los escotes, de los pechos afeitados y las siliconas. Actualmente varios de sus hijos viven en este lugar, y Cedella, su madre, que se quedó acá desde finales de los setenta, murió en 2008. Marley apenas vivió 36 años, por eso no se estableció más en la ciudad. Su vida fue errática, como la de cualquier cantante en auge.

La pregunta sobre la muerte de Bob Marley la hice a no menos de veinte personas, entre peruanos y miamenses. Solo una supo responder correctamente, y no me sorprende. Poco se ha hablado de este tema, y supongo que a cualquiera le resulta impensable que la tierra en la que Gente de Zona se consagró con "La Gozadera", quizá pudo haber sido una "patria" para el Rastafari.

El [copy] writer

Gastón Virkel

De los 9 círculos del Infierno he visitado tres: la publicidad, la televisión y la literatura.

1999. Trabajaba de redactor en una agencia de publicidad con pocas cuentas y mucho stress. La estaba pasando tan mal que aguardaba el virus Y2K para que mejorara mi situación. El organigrama de la compañía debió estar representado por una pirámide invertida. Había muchos jefes y algunos empleados, unos pocos, la mayoría de ellos realizábamos funciones de punching ball. Allí conocí a Julio, otro redactor, que hizo de mi paso por aquel lodo algo memorable. Primero decidió que "Gastón" era pretencioso hasta en una Agencia de Publicidad de Buenos Aires. Para darse una idea, el publicitario argentino fue creado para que el resto de los argentinos sepamos que siempre existe alguien más pedante. De mi catálogo de apodos, Julio decretó que "Pepo" me representaría más dignamente. Recién nos conocíamos y, aunque no se lo dije, se estaba propasando. Pero un rato más tarde le confesé que quería ser escritor. Como ya venía con ánimos totalitarios y nadie parecía detenerlo, Julio dictaminó que yo no quería ser escritor: ya lo era. Propásese, amigo Julio, que usted lo hace fantásticamente bien.

Un día el dueño de la Agencia descubrió mi portafolio y comenzó a hojearlo. Con su paternal estilo de bullying me sugirió ácidamente que debía presentarla en Agulla&Baccetti, la agencia del momento. Me insultaba con algo que para mí era un halago. Ese atropello me descolocó, me mostró la puerta de salida. Le estoy infinitamente agradecido. Tiempo más tarde, me enteré de un puesto similar en un canal de cable. La televisión, vista desde la publicidad, representa el hermanito loser. Mi plan consistía en escapar del infierno mientras se desplegara la alfombra roja que me depositaría en la meca de la publicidad.

Me ofrecieron el puesto. Se trataba de un canal con cine independiente y *soft porn* camuflado de series documentales. Y planeaban compensarme de todas maneras. La *performance* del departamento creativo suele medirse en premios. Y ese fue mi mejor año en ese apartado. Me alcé, entre otros, con el "Best Young Talent Performance Award" de Promax, el Clío de las promociones en TV. La Conferencia se llevaba a cabo en Miami y la empresa tuvo la gentileza de traerme a recibir el galardón. En la fiesta de la que poco recuerdo, fui abordado por varios Directores Creativos que venían a confirmarme que tenía mi lugar en el —diminuto— mapa de los *copy writers* de TV paga. Un par de meses más tarde arreglaba mi arribo a Fox Kids en Los Angeles a la vez que Disney compraba la señal. En lo que juzgo una inmersión exagerada en la cultura de su fundador, la operación freezó¬ todas las contrataciones. Allí apareció MTV. Y MTV estaba en Miami.

Sabía tan poco de esta ciudad que la invitación a mi fiesta despedida de Buenos Aires consistió en una foto de Sonny Croquet y Ricardo Tubbs junto a la Testarrosa en un atardecer hiper pastel de la bahía de

Biscayne. Una Helvética 14 aclaraba "Me voy a Miami" y el rostro de Sonny había sido reemplazado por el mío. Argentina está muy lejos, nos gusta simplificar las cosas. Los españoles son todos "gallegos". Los italianos, "tanos". Los mexicanos hablan como "El Chavo del 8", Miami era División Miami (y no *Miami Vice*).

El primer día de Octubre de 1993, MTV inauguraba su aire para todo Latinoamérica con el video clip We are South American rockers, de los Prisioneros, una legendaria banda chilena. Casi ocho años más tarde, yo ingresaba al 1111 de Lincoln Road para ocupar el puesto de *copy writer* del canal para todo "Latam".

Aparentemente las directivas eran claras: a los leones sin escalas. 15 minutos después de haber pisado el edificio por primera vez, sin haber conocido mi oficina, sin compu, sin haber sido presentado al equipo de *On Air*, me lanzaron al *meeting semanal* de *Programming*, la arena donde varios departamentos se ponen on the same page acerca de lo que la grilla de contenidos va a ofrecer. En todas las compañías americanas que trabajan para Latinoamérica hay una regla clara: si una sola persona no habla español, la conversación se da en inglés. Aunque el canal sea en español, aunque el tema de debate sea "Ideas para el fin de semana largo del Día de los muertos en México"; si hay alguien que no habla español, se habla English.

Esa primera reunión fue horrible. No entendí nada de lo que se habló. Fueron los peores 25 minutos de mi vida.

Advertencia: voy a inventar sin ningún tipo de rigor ni complejos. Hay un primer momento de reconocimiento, de darse cuenta qué sonidos se están emitiendo. El segundo consistiría en adjudicarle un sentido. Lo que en semiótica llaman significante y significado. Por ejemplo: *sucker* y *soccer*. Para un recién llegado todo puede sonar igual. Primer paso: reconocer que oímos *"soccer"*. Segundo paso: adjudicarle el significado "fútbol". En aquella oportunidad hubiera dado cualquier cosa por tener solo dos opciones al sentido de cada sonido. La verdad es que no llegué nunca a cumplir el primer paso. Nunca pude distinguir los sonidos que salían de esas bocas.

Por mi cabeza pasaban desde la idea de volverme esa misma noche, hasta presentarme en el laboratorio de idiomas de Buenos Aires a reclamar los 7 años de matrículas y cuotas mensuales a cambio de las — aparentemente inútiles— clases de inglés. Una de las dueñas del Lab era asmática. Sus clases entretenían por dos razones: porque se esmeraba en hacerlas llevaderas y porque respiraba como Darth Vader. En una de esas clases tuve uno de los momentos cumbre de mi capacidad creativa. Con Vader teníamos un acuerdo: yo podía interrumpir, decir cuantas estupideces quisiera o sacar a relucir mi lado oscuro —tratar de impedirlo no le había funcionado—. Pero lo que fuera que hiciese, debía formularlo en inglés. Una tarde, trabajábamos la letra de *A ticket to ride*, de Los Beatles, y se me ocurrió opinar que *the lyrics are pretty basic*. Sonstenía que tuvieron la suerte de componerla en inglés donde todo parece sonar mejor. Ahí mismo los defensores del status quo se lanzaron a mi yugular con tal celeridad que, resultaba evidente, no habían siquiera pensado en la posibilidad de que estuviera yo en lo cierto. *What are you talking about, men? The Beatles!* Y ahí mi mente funcionó con una efectividad y velocidad que a veces pienso que se dañó. Porque nunca más tuve un performance tan brillante. En milésimas de segundo me di cuenta que podía perfectamente cantar la letra de

A ticket to ride con la melodía de *La felicidad* de Palito Ortega —un ícono tan conocido como desprestigiado—. Sería como cantar los Beatles con música de los Milli Vanilli. Fue una genialidad instantánea, tan precisa que me otorgó una victoria indeclinable.

Cuando salí del espantoso *meeting de Programming* tocó hacer la recorrida formal: Recursos Humanos, el Director Creativo –tan Chileno como Los Prisioneros–, el *team*. Me llevaron a mi oficina y me presentaron a mi *co-equiper*: una Power Mac G4. Fue amor a primera vista. Nunca había tenido una *Tower* tan poderosa. Honestamente, un buen *copy* puede hacer carrera con el Microsoft Word. No hace falta mucho más. En MTV reinaban los Directores de Arte, responsables del *look* del canal. Mi misión consistía en bajar a tierra el ácido lisérgico que me traían a un mensaje que pudiera comprenderse. "Un bebé vomita hierros que forman una torre Eiffel de donde se cuelga King Kong para tratar de alcanzar los aviones que en realidad no son aviones sino mariposas con cara de Justin Timberlake. Ahí te quedan 7 segundos de *closing* para vender el *Weekend* de Britney Spears". Y digo todo esto para explicar que la Mac de la que me enamoré a primera vista era sobreviviente de interminables *renders* y orgías visuales de años anteriores. Para la época que llegó a mí, ya era una veterana de guerra. Me había enamorado de una prostituta desdentada con post traumatic disorders.

Aclaremos también que no llegué a la mejor época de MTV Latinoamérica. En los primeros años no se miraba mucho el rating, estaba claro que se debía invertir en consolidar la marca y el equipo creativo vivía en el cielo. Buenos *budgets*, nada de *briefs*, mucha libertad. Cuando me tocó aterrizar, el período de gracia ya era historia. Los ratings mandaban, ventas pisaba fuerte, aparecían los primeros *briefs*, Britney reemplazaba a Radiohead. Había una tensión interna entre lo que daba rating y lo que consolidaba la marca (el gran capital de MTV). Por suerte, por peso específico del chileno que me contrató, las directivas tardaron varios años en llegar al quinto piso, donde funcionaba el departamento creativo. Para un *copy writer*, seguía siendo uno de los mejores lugares para trabajar y aprender.

Desde el momento mismo en que me subí al avión de American que me trajo a Miami, Argentina había dejado de ser mi *target* prioritario. Para cualquier canal pan regional con aire en todo latinoamérica, México constituía, por poder económico y peso específico, el público número uno a tener en cuenta. Tuve que desarrollar criterios panamericanos para ejecutar el posicionamiento de la marca. Es muy complicado, sobre todo para los mensajes de tono ácido que tan bien transmitían la identidad de la marca, hallar el punto justo que fuera comprendido de la misma manera en los veintidos países que recibían la señal. El equipo estaba integrado por argentinos, mexicanos, ecuatorianos, peruanos, guatemaltecos, colombianos, venezolanos. Un gran desafío que resolví con una regla básica muy personal: si tienes dudas de cómo abordar el humor en todo latinoamérica, pregúntate siempre una cosa: cómo lo harían los gringos. Los *blockbusters* gringos. Sé que es polémico pero tiene una lógica. Es el único humor contrastado globalmente. Recursos trasnacionales de Hollywood *tuneados* con el ácido discurso de la marca (o mi interpretación de ella), todo contrastado con mi creciente conocimiento del público de Lat Am. De todas maneras, siempre es bueno pasarlo por distintos filtros, especialmente mexicanos. Nadie vendría a tocarme la puerta porque una promo no se comprendiera en El Salvador. Pero México era —y es todavía— prioridad.

¿Cómo lo haría Mel Brooks en *Get Smart*? ¿Cómo lo diría Joey de *Friends*?

A propósito de Joey, él y sus *Friends* fueron mis grandes maestros de inglés en Miami. También el profesor *Seinfeld*. Porque en aquella época, miraba como desquiciado las *sitcoms* que en Buenos Aires consumía obsesivamente con subtítulos en español. MTV me pagaba clases de inglés que impartía un ex investigador retirado de una larga carrera en compañías de seguro. Tenía infinidad de historias con estafas descubiertas. Pero él era opiante. Los 55 minutos se hacían interminables. Mi nivel conversacional prosperaba pero el gran avance sucedió cuando descubrí el *Close Captioning* y, naturalmente, pasé de perder el tiempo viendo *Friends* con subtítulos en español a aprender inglés viendo *Friends* con subtítulos en inglés. Cuando me di cuenta de que hablaba como Joey en el entorno corporativo, decidí que ya era hora de un *upgrade* de mi maestro de inglés.

Un simio feroz, con el ceño fruncido, toma una banana. La pela lentamente en cuatro tiempos —reproduzco el *acting* con cara seria y todo, monificando mis labios—: uno-dos-tres-cuatro. Entonces toma la pulpa y la arroja bien lejos, quedándose únicamente con la cáscara. La acerca a sus ojos, observa el interior.

—¿Y? –se oye, en *off*.

La imagen recompone y vemos a otro simio.

—Nada: "Sigue participando" –contesta el primero. Y la arroja en una pila absurda de cáscaras y pulpas intactas. Toma otra banana para reporducir la acción una vez más.

La locución –que aquí se llama *voice over*– cierra con un "Ingresa en mtvla.com y participa del concurso Planeta de los Simios. Puedes ganar dos viajes a Los Angeles bla bla bla".

Se trataba de una promo que involucraba sponsors, y los sponsors solían –suelen– acarrear temores. A los *copy writers* jóvenes se les tolera cierta inocencia, un apego a los valores de la creatividad y la diversión. Con el correr de los años, los ascensos y algún que otro aumento, se les exige a cambio una cuota de cinismo que consiste en tener claro que únicamente se debe satisfacer a una sola persona: el que te evalúa (y premia con los ya mencionados ascensos y aumentos). Aquella mañana estaba completamente convencido que la idea del simio concursante arrasaría las barreras de la prudencia, que danzaríamos todos alrededor de un *script* sin contraindicaciones ni daños colaterales. Me equivoqué: me regalaron el rostro que sugiere "todavía está muy junior, sigue creyendo en musas y risas" para luego desaprobar la idea que fue a dar a un cajón poblado de quimeras que nunca hallaron su *green light*. Un cajón mítico que a los fines de esta historia voy a llamar ano.

Recuerdo otra gran frustración de mi carrera en la *Media* de Miami. Varios años después de mi llegada, pensé que podía llevar mi talento a uno de los dos gigantes de TV abierta. Una rápida serie de desencuentros me hizo ver que no éramos compatibles. El golpe de gracia sucedió en forma de alto ejecutivo, con actitud soberbia y lustrosos zapatos de punta cuadrada. "Gaston –me iluminó–, el mercado hispano tiene el desarrollo intelectual de un niño de 8 años".

Estas desilusiones me devuelven siempre a mi verdadero infierno: el de la literatura. El del *storytelling* (un concepto más abarcador pues me abre nuevas posibilidades en la TV, el Cine y las nuevas plataformas). Un espacio donde la única aprobación necesaria es la propia. Se escribe en español, a veces en *Spanglish*. Como el *make up sex*, cada vez que me distraigo y alejo, cada vez que discuto con lo que me nace escribir, el reencuentro con mi prosa es un momento tremendamente poderoso.

Una de aquellas desilusiones me reveló que Miami era un lugar de reinvenciones. Una urbe de gente en tránsito, sin referencias de infancia más que las aportadas por uno mismo. Una ciudad MultiGutural comandada por el espíritu de mi amigo Julio. Donde uno no quería ser escritor. Ya lo era. Solo debía asentar el culo en una silla cómoda y contar historias hasta que se helara el infierno.

The Rites of Memory

Pablo Cartaya

I'm at Jackson Memorial eating a *media noche bocadito* and sipping on warm black coffee. The old lady behind the counter at Gilbert's Bakery looks at me funny. "No quieres azúcar, ni leche, ni nada?"

"No, gracias," I say smiling. The lady gives me a face and nods disapprovingly —like I'm missing a key ingredient to what makes things right with the world. You drink coffee with steamed milk and sugar around here— sometimes without milk but never without sugar. Never just black.

I move around the city a lot. Sometimes out of necessity. Taking my kid to soccer in South Miami, my daughter to theatre in Coral Gables, hosting literary events at a hotel on South Beach, or drinks with visiting writer friends in Wynwood where I wonder how many hipsters know their graffiti—strewn mecca of original coffee shops and breweries was once known as "El barrio" to the Puerto Ricans that emigrated here in the fifties?

Miami is full of delicious ironies like that. Kendall was nothing but swamps. Freedom Tower was a processing center for Cuban immigrants —Miami's own Ellis Island—. "Viva Cuba" was once "Cubans Go Home" and, "Let the last American in Miami take the flag with them". Now there is indoor soccer, cross fit on every

255

corner, juice bars once belonging to cafeterias that sold croquetas for twenty-five cents, microbreweries that were once factories. I drive across the fifty-three foot bronze statue on Brickell Bridge and catch site of the Tequesta Indian warrior aiming an arrow to the sky. His wife and child are by his side. The son covers his face as if in expectation of their inevitable extinction. Only the statue reminds the city they were the first ones here.

Miami has history and writers here get to mine their meaning. It is beyond the drug cartels and scantily clad bodies. It is beyond the nightclubs and massive festivals. Miami has a light that casts large shadows – it's in those shadows that the writer's story thrives.

Sitting on my stool sipping on disapproving coffee I think of the city of my birth and were my profession finds inspiration. I'm transported to those days at La Covacha dancing with the Columbian girl that taught me how to open a car door for a woman and to walk on the side of the street that is closest to moving cars.

I think of South Beach where the word literature and culture sound as odd as wearing a parka when the temperature drops to sixty-eight degrees. It's only weird if you don't live here and you don't know.

My phone rings and I miss the call. I look at it and tap on the message. "Hola Pablo, soy Silvino. Aquí estoy con la visión mala. No voy a poder verte hoy. Hablamos pronto."

I stare at the phone before putting it down. How much time do I have left with Silvino? A man I have been interviewing for a book about the Cuban Revolution for the better part of two years. How many more interviews will I get? The journey has become personal —the attachment to his history is as woven together as my own. If he dies, I think, a part of me will inevitably die as well.

It's why I write. To use words to preserve my memory. To write them down so I can relive the conversations over and over. Think of the words. Translate them. Pour over a Spanish dictionary to try and understand a particular word or phrase. I write to understand. I write to preserve my own identity.

A man probably in his forties sporting a goat tee and wearing a suit that doesn't fit grabs a cigarette from his coat pocket and lights up outside my window. He looks at his watch and paces around anxiously. He looks back at the faded silver and black band then checks it against his phone again. The smoke curls against the windowpane and slowly crawls to the sky. He looks up to the buildings surrounding him.

I'm reminded of being at Jackson Memorial before. I was there to read my picture book to a group of terminally ill kids. I remember the little girl who didn't speak English and who politely asked me to translate my story. I opened the book and page-by-page I translated it for her, not stopping until I reached the end. When she gave me her approving nod and infectious smile, I closed the book and thanked her.

The man pacing nervously could have been that child's daughter. Drawn to nicotine as a way to abuse his pain. A part of me wishes the man was waiting to hear from the same little girl. It would mean I could go back to that hospital room and read to her again for as long as she wanted.

The man takes another long inhale and lets the gray smoke move slowly through his nose and teeth. He tosses the cigarette and checks his phone again. This time he dials as he walks off leaving me to my shamefully black coffee. I check my phone again. My wife should be back soon. I see a mom and her small son cross street. The boy's hands reach up and the mother takes it instinctively. She doesn't need to know her son is asking for her hand. I think of my friend Chen —a poet in exile from Zimbabwe who lost a battle to lung disease recently. My experiences with him led me to the literary centers around Miami. We travelled all over the city for readings and panels. The crowds marveled at his experience and shared in solidarity his journey of exile. I remember the last picture I had of him before he died. It was one with my son walking towards the beach. I remember the note he sent me when I shared the picture with him.

> *hey pablo,*

> *this is my best foto in miami ever.*

> *i want to keep this foto forever.*
> *like uncle taking grandson to see the sea for the first time,*

> *you remember when we got to the actual sea, leo was afraid of the power of the sea? do you remember? he stayed away from the violence, with me. it was so beautiful. at first he wanted to be at the beach, and when we were up on top of the hotel, he asked me to lift him so he could see the sea properly, and he was excited about the beach. but the power of the sea did not impress him much. i should think he was wondering that such*

258

power, and without anyone he could see to control it, could be dangerous!

We write because writing is what we wear inside of us. As we put it out in the world, we show the confidence that what we wear has no bearing on who we are but what we are and how we chose to be with our surroundings. Miami is my home, my office, my inspiration, and my memory. And yes, I still drink my coffee black.

Apuntes biográficos

Rodolfo Pérez Valero (La Habana, 1947). Premio de Literatura Policíaca Cubana en Novela (*No es tiempo de ceremonias,* 1974), Cuento (*Para vivir más de una vida,* 1976) y Teatro (*Crimen en Noche de Máscaras,* 1981) y *Premio Internacional de Novela Voces del Chamamé,* en España (Habana Madrid, 2008). Es autor de las novelas *Misterio en Venecia* (2016), *Misterio en el Caribe* (2015), *Confrontación* (1985), *El misterio de las cuevas del Pirata* (1981) y los libros de cuentos *Un hombre toca a la puerta bajo la lluvia* (2010), *Algún día serás mía* (2009) y *Descanse en paz, Agatha Christie* (1993). Premio Internacional de Cuento Policiaco Semana Negra de Gijón en 1990, 1993, 1996, 2006 y 2009. Trabaja en el Noticiero Nacional de Univisión.

Luis de la Paz (Cuba, 1956) Premio de Ensayo Museo Cubano, Premio Lydia Cabrera de Periodismo Cultural y Accesit Premio de Poesía Luys Santamarina-Ciudad de Cieza, España. Conduce Viernes de Tertulia, y es colaborador de el *Nuevo Herald.* Fue miembro del consejo de editores de la revista *Mariel* y director de El Ateje. Ha publicado los libros de relatos: *Un verano incesante, El otro lado, Tiempo vencido* y *Salir de casa.* En poesía, *De espacios y sombras.* Compiló *Reinaldo Arenas, aunque anochezca: textos y documentos,* Teatro cubano de Miami y Cuentistas del Pen. Sus monólogos *Feliz cumpleaños mamá* y *El Laundry,* han sido estrenados en el Festival Latinoamericano del Monólogo de Miami.

Carlos Gámez Pérez (Barcelona, 1969), es escritor y profesor. En 2012 ganó el premio Cafè Món por el libro de relatos *Artefactos* (Sloper, 2012). En 2002 publicó el relato de no ficción *Managua seis: Diario de un recluso* (Instituto de Estudios Modernistas). Sus relatos han sido seleccionados para las antologías: *Emergencias. Doce cuentos iberoamericanos* (Candaya, 2013); *Presencia Humana, número 1* (Aristas Martínez, 2013); *Viaje One Way: Antología de narradores de Miami* (Suburbano Ediciones (SED), 2014); y para la revista de creación *Specimens* (Septiembre, 2014). También colabora con las revistas literarias Quimera y Suburbano, entre otras

Lourdes Vázquez (Puerto Rico). Poeta, narradora, ensayista. Ganadora de varios premios, entre los cuales se destaca el Juan Rulfo de Cuentos (Francia). Entre sus últimos libros se encuentran: *The Tango Files* traducido al italiano por Edizioni Arcoiris (2016); *Un enigma esas muñecas* (Torremozas, 2015), Mención de Honor Paz Award, 2014; una selección de su poesía en italiano: *Appunti dalla Terra Frammentata* (Edizione Letterarie, 2012); la novela *Not Myself Without You* por Bilingual Review Press del Arizona State University, 2012). En 2013 se publica en Madrid una selección de sus cuentos: *Adagio con fugas y ciertos afectos* (Verbum).

Carlos Pintado. Poeta y escritor nacido en Cuba, en 1974, graduado de Lengua y Literatura Inglesa. Recibió el premio Paz de poesía 2014, otorgado por The National Poetry Series, por su libro *Nueve Monedas* (Akashic Books, 2015) y el Premio Internacional de Poesía Sant Jordi, en el 2006 en España por su libro *Habitación a oscuras*. Ha publicado los libros *La Seducción del Minotauro* (cuentos, 2000), *Los bosques de Mortefontaine, Habitación a oscuras, Los Nombres de la noche, El unicornio y otros poemas, Cuaderno del falso amor impuro, Taubenschlag* y *La sed del último que mira*.

Textos suyos han sido publicados en The New York Times, The American Poetry Review, World Literature Today Magazine, entre otros.

Camilo Pino (Venezuela, 1970). Es autor de la novela *Valle Zamuro* (Pre-Textos, PuntoCero), galardonada con el XV Premio de Novela Carolina Coronado y finalista del Premio de la Crítica de Venezuela. Fue seleccionado entre los doce autores que participan en *Viaje One Way –antología de narradores de Miami* (Suburbano Ediciones (SED). *Mandrágora*, su última novela, salió publicada este año por Suburbano Ediciones (SED). Y vive en Miami desde el año 2000.

Héctor Manuel Castro, periodista y abogado colombiano (1977). Autor del poemario *Pedazos de corazón*, y de la novela *La iglesia del diablo*, publicada por Penguin Random House. Tiene una maestría en periodismo investigativo en la Universidad Internacional de la Florida. Héctor es productor de CNN en español desde el 2012, y periódicamente realiza reportajes para diferentes programas de esta cadena. Su blog *La visión al desnudo* se publica semanalmente. Su libro Chicken parmegiana. La historia de un torpe inmigrante saldrá a la venta en el 2017.

Raquel Abend van Dalen es autora de los poemarios: *Sobre las fábricas*, (Nueva York, Sudaquia Editores, 2014) y *Lengua Mundana* (Bogotá, Común Presencia Editores, 2012); de la novela *Andor* (Caracas, Bid&Co.Editor, 2013; Miami, Suburbano Ediciones (SED), 2017), y coautora del libro *Los días pasan y las formas regresan* (Caracas, Bid&Co. Editor, 2013). Seleccionó y prologó la compilación de no ficción *La cajita cabrona, Sistemas inc.* (Caracas, Editorial Cráter, 2016). En el 2016 fue escritora residente en el programa para artistas en Camac Centre D'art, Marnaysur-Seine, Francia. Actualmente dirige la colección de No Ficción Papeles Salvajes en Editorial Igneo (Caracas-Miami-Lima).

Hernán Vera Álvarez, a veces simplemente Vera, nació en Buenos Aires en 1977. Es escritor, editor de Suburbano Ediciones y dibujante. Ha publicado el libro de cuentos *Grand Nocturno, Una extraña felicidad (llamada América)* y el de comics *¡La gente no puede vivir sin problemas!*. Es editor de la antología *Viaje One Way, narradores de Miami* (Suburbano Ediciones (SED). Muchos de sus trabajos han aparecido en revistas y diarios de Estados Unidos y América Latina, entre ellos, El Nuevo Herald, Meansheets, Loft Magazine, El Sentinel, TintaFrescaUS, La Nación y Clarín. Ha entrevistado a Adolfo Bioy Casares, Carlos Santana, Ingrid Betancourt, María Antonieta Collins, Gyula Kosice, Sergio Ramirez, Maná, Gustavo Santaolalla, Gustavo Cerati, entre otros. Vivió ocho años como un ilegal en los Estados Unidos donde trabajó en un astillero, en la cocina de un cabaret, en algunas discotecas, en la construcción.
Blog:www.Matematicasencopacabana.blogspot.com

José Ignacio Valenzuela (Chile, 1972) es escritor y guionista. Su trabajo incluye casi una veintena de libros publicados, entre los cuales destacan los best sellers *Trilogía del Malamor, El filo de tu piel, La mujer infinita,Malaluna, Mi abuela, la loca* y los libros de cuentos *Con la noche encima* y *Salida de Emergencia*. La revista About.com, del New York Times, lo incluyó en el listado de los 10 mejores escritores Latinoamericanos menores de 40 años. En paralelo, ha desarrollado una vasta carrera como escritor de cine, teatro y televisión en Chile, México, Puerto Rico y Estados Unidos, que le ha valido reconocimientos como el del Instituto Sundance, una nominación al Emmy y la selección oficial de Puerto Rico al premio Oscar, en la categoría Película Extranjera, por su film *Miente*. Más información: www.chascas.com

Grettel Jiménez-Singer nació en La Habana. Su primer libro, *Mujerongas* es una colección de cuentos y ensayos sobre asuntos femeninos. *Tempestades solares* es su novela debut donde la protagonista es una adolescente que atraviesa el exilio en Miami en la década de los ochenta. La autora además ha publicado artículos, ensayos y entrevistas en Vogue México, Huffington Post, Medium y Paper Magazine entre otras publicaciones. Actualmente vive en Nueva York con sus dos hijas culminando su primer manuscrito en inglés.

Andrés Hernández Alende (La Habana, Cuba, 1953) es escritor y periodista. Reside en Miami, Florida. Ha escrito varias novelas en español, entre ellas *El ocaso*, *El paraíso tenía un precio* y *De un solo tajo*. Es uno de los 12 autores de Miami cuyos cuentos fueron seleccionados para la antología *Viaje One Way* (Suburbano Ediciones (SED), publicada en 2014. También escribe artículos para la revista Suburbano, El Nuevo Herald, Mundiario y para su propio blog, El Blog de Alende. Actualmente está escribiendo la novela Harriet, sobre la luchadora antiesclavista norteamericana Harriet Tubman.

Daniel Shoer Roth es columnista, escritor y biógrafo radicado en Miami. Ha sido laureado por la Asociación Nacional de Periodistas Hispanos NAHJ, la Asociación Nacional de Publicaciones Hispanas NAHP y la Alianza GLAAD Contra la Difamación, así como por diversas organizaciones comunitarias. Es autor de la biografía *Agustín Román: Pastor, Profeta, Patriarca* (2015), del libro bilingüe *Punto de Partida: Stories of Truth and Hope* (2007) y de *Presencia judía en el periodismo de opinión venezolano* (2001). Ha sido profesor de Periodismo en la Universidad

Internacional de Florida y colaborador, durante más de dos décadas, de periódicos, revistas y páginas de Internet en Estados Unidos y Latinoamérica. Su reflexiva columna "En Foco" sobre temas sociales y de interés comunitario en el Sur de Florida es publicada los domingos en El Nuevo Herald. Es oriundo de Caracas y nieto de sobrevivientes del Holocausto. Obtuvo su licenciatura en Comunicación Social en la Universidad Central de Venezuela y sus maestrías en Periodismo y Estudios Latinoamericanos en la Universidad de Nueva York. Fue nombrado uno de los 100 Latinos más influyentes de Miami por su trabajo en defensa de las minorías y las poblaciones más vulnerables.

Gabriel Goldberg (Buenos Aires, 1965) es escritor y abogado por la Universidad de Buenos Aires, Master en Leyes por la Universidad de Harvard y Juris Doctor por la Universidad de Miami. Realizó tareas de docencia e investigación en su tierra natal y en el exterior y, entre otros ensayos, ha escrito *La responsabilidad del Estado en los atentados terroristas contra la embajada de Israel y la sede de la AMIA*, así como *La problemática de la corrupción y los sistemas jurídicos latinoamericanos*. Su primera novela, *La mala sangre*, fue publicada por la editorial Interzona de Buenos Aires (2014). En mayo de 2015, el diario argentino Clarín publicó su relato *Hiroshima en la ribera uruguaya*, en su suplemento Mundos Íntimos. Actualmente, trabaja en la preparación de un libro de cuentos, resultado de sus recientes años de trabajo literario.

Enrique Córdoba (Colombia, 1948) es periodista, escritor y ex diplomático colombiano. Sus crónicas de viajes aparecen en El Nuevo Herald y Living & Travel Magazine y sus testimonios y entrevistas, los transmite por Radio Caracol Miami 1260AM, desde hace 27 años. Autor de : *Cien voces de América, Mi pueblo, el mundo y yo, Te espero en* *la frontera* y *El Marco Polo de Lorica*. Su labor periodística y cultural le han hecho merecedor de la Condecoración del Rey de España en la Orden del Mérito Civil, 2.005, el Premio Cervantes 2007, de la Universidad Nova de Fort Lauderdale, y su inclusión dentro del Grupo de los 100-latinos de Miami 2010.

Jaime Cabrera González (Colombia, 1957) es escritor y periodista. Ha publicado los libros de cuentos: *Como si nada pasara* (1996), *Textos sueltos bajo palabra/Autobiografía de los sueños* (2000) y *Miss Blues 104° F* (2014). Sus cuentos aparecen en los volúmenes: *Antología del cuento corto del Caribe colombiano* (2008), *Cuento selecto* (2007), *Cuentos sin cuenta* (2003), *Antología del Cuento Caribeño* (2003), *Cuentos Cortos del Diario El Tiempo de Bogotá* (2002), *Cita de seis-Letras en la Diáspora* (2002), *Veinticinco cuentos barranquilleros* (2000) y *Manojo de Sueños* (1996), entre otros. Fue finalista del Concurso "Letras de Oro" de la Universidad de Miami (1994). En la actualidad dirige el Club Literario de la Miami Beach Regional Library.

Nombrada por Yahoo! en español como una de "12 mujeres que admiramos", **Anjanette Delgado** empezó su carrera como periodista y productora de TV en NBC, CNN, Telemundo y Univisión, donde ganó el premio Emmy por su labor como productora. Columnista para NPR, Vogue y Nexos, entre otras publicaciones, y editora de la sección de Arte y Cultura de la revista Siempre Mujer, también creó/desarrolló la comedia Como ser maravillosa en la cama para HBO LATAM. Su primera novela, La píldora del mal amor, ganó el premio a la mejor novela romántica del Latino International Book Award, así como a la mejor traducción al inglés de la misma organización. Su más reciente novela, La clarividente de la Calle Ocho, fue finalista al Indiefab Award como mejor libro multicultural del año. Anjanette es graduada en

Ciencias de la Comunicación Masiva (Universidad de Puerto Rico), tiene una Maestría en Bellas Artes (Universidad Internacional de la Florida - FIU) y es profesora de ficción en el Centro Literario del Miami Dade College. Es original de Puerto Rico y vive en Miami.

Pablo Cartaya is the author of the forthcoming young adult novels, The Epic Fail of Arturo Zamora and Marcus Vega Doesn't Speak Spanish (Viking Children's Books/Penguin Random House), and the co-author of the picture book, Tina Cocolina: Queen of the Cupcakes (Random House Children's Books). He is the co-creator of Escribe Aquí-Write Here, an Iberoamerican literature and cultural initiative that promotes the diversity of authors and artists working in this space. Escribe Aquí-Write Here was awarded a Knight Arts Challenge grant as part of The Betsy-South Beach's Philanthropy, Arts, Culture, and Education programs. Pablo currently serves as lead faculty at Sierra Nevada College's low-residency MFA in Writing for Children and Young Adults. He calls Miami home.

Juan Carlos Pérez-Duthie (San Juan, Puerto Rico) es escritor, periodista, profesor de inglés, instructor de lenguas y traductor. Trabajó en los diarios The Miami Herald y El Nuevo Herald luego de sus estudios en comunicación y francés en Fordham University, Nueva York. Fue redactor en El Nuevo Día de Puerto Rico y corresponsal en Miami para ese diario. Cursó un master en periodismo en la Universidad Torcuato di Tella de Buenos Aires, Argentina y en el diario La Nación. En 2009 comenzó estudios en creación literaria en inglés en la University of California - Riverside/Palm Desert Graduate Center, obteniendo un grado MFA. Como autor de no ficción, sus escritos han figurado en múltiples publicaciones, incluyendo The Los Angeles Times, El

Tiempo de Bogotá, la Knight Foundation, The Philadelphia Inquirer, Muy Interesante, etc. Su ficción ha aparecido en la antología de cuentos de misterio You Don't Have a Clue (2011, Arte Público Press), la antología de viajes y fotografía There's This Place I Know (Serving House Books, 2015) y la revista literaria Bartleby Snopes (2016), entre otros medios.

Pedro Medina León (Perú, 1977) es autor de los libros *Streets de Miami, Mañana no te veré en Miami* y *Lado B* y editor de *Viaje One Way —antología de narradores de Miami-*. Es además editor y director del portal cultural y sello editorial Suburbano Ediciones. Como gestor cultural ha sido co-creador del programa literario Escribe Aquí, que fue galardonado con una beca Knight Arts Challenge por la Knight Foundation Center y ha realizado los eventos Cuál es el futuro de la Literatura Latinoamericana en Estados Unidos, Books & Books (2012 – 2013); el programa Miami Literario: encuentros de narradores locales, Books & Books (2014); entre otros. También es columnista colaborador en El Nuevo Herald y ha impartido cursos de técnica narrativa entre los años 2013 y 2015 en el Koubek Center de Miami Dade College.

Gastón Virkel (Argentina, 1972) es escritor y guionista de cine y televisión. Ha obtenido numerosos premios a la creatividad en TV donde se ha desempeñado en canales como MTV, Nickelodeon, Telemundo o Boomerang. Actualmente se encuentra desarrollando varios proyectos para cine entre los que se encuentran una historia Sci fi, una del Miami de los 80s y una de la guerra de Malvinas. Tiene un hijo de 8 años con el que está desarrollando *Squirrel vs. monster* un proyecto de animación para niños. Y participa en *Viaje One Way: antología de narradores de Miami*, con el cuento *Cara a cara*.

Agradecimientos

Elizabeth Osorno, Isabella Medina, Eduardo Villanueva, Flor Proverbio, Sarah Moreno, Gloria Leal, Maru Antunano, Germán Guerra y Gloria Noriega.

Made in the USA
Columbia, SC
12 September 2019